「跟你在一起的時候……不，
只有這樣還不夠，
就連在其他時候，
我也想盡量讓自己保持美麗。」

「所以——今天可能就是最後一次機會了。」

三角的距離無限趨近零 6

Bizarre Love Triangle

岬鷺宮
Misaki Saginomiya

illustration◊Hiten

Kadokawa Fantastic Novels

序章
Prologue

【想變可愛】

Bizarre Love Triangle

三角的距離無限趨近零

——她臉上露出笑容。

在二月底的放學回家路上，天色不但昏暗，天氣也相當寒冷。

這讓秋玻埋在圍巾裡的臉——看起來似乎發出了淡淡的光芒。

『——果然還是要請你做出選擇。』

『——看你是喜歡我還是喜歡春珂。我們希望你能確定自己的心意。』

『——對不起……我們每次都提出這種任性的要求。可是，我們已經決定希望你這麼做。』

這是發生在她對我說出這些話後，我們回家時發生的事情。

雖然繞了一大圈，我和秋玻與春珂總算抵達了這個終點。

在此之前，我們的戀情一直有些曖昧不明。而應該決定結局的時候終於到了——

所以——

「……嗯？怎麼了？」

秋玻看了過來，把手擺在臉頰上。

「我臉上有沾到什麼東西嗎……？」

「啊啊，不，不是那樣……只是覺得有些意外。」

「意外？什麼意思？」

「總覺得……妳看起來好像心情不錯。」

決定這場戀情的結局——

對我們來說，這件事有著極為重大的意義。

秋玻與春珂這兩個人格，我喜歡的到底是誰？搞清楚這個問題的答案，對我們來說肯定很重要。比起考試的成績或將來的志願，甚至比世界的命運都還重要——

沒人知道這會帶來什麼樣的結果。

所以，個性認真的秋玻肯定會把這件事看得很重。

她會因為心中的煩惱與做這件事的壓力而鑽牛角尖。

我原本是這麼想的。

可是——

「……或許真的是這樣吧。」

身為當事人的秋玻也露出連自己都感到意外的表情。

「可是……嗯，或許你說得對。」

然後——她轉頭看了過來。

再次露出彷彿綻放著燐光的微笑——

「我覺得有些開心……」

「開心……是嗎？」

聽到她這麼說，我也忍不住笑了出來。

我好像很久不曾看到秋玻露出這種表情了。

「……啊！那個！其實我也知道有這種感覺是不對的！」

秋玻慌張地繼續解釋。

「因為在這個過程中，春珂可能會受到很大的傷害，我自己也可能會受傷……更重要的是，這也會造成你的負擔，因為你必須做出重要的決定。所以，我說覺得開心這種話或許有些不負責任……」

秋玻咬著下唇，將視線移向腳下。

那是我過去見過無數次的嚴肅表情。

可是——那種表情這次並沒有維持太久。

「不過……我還是很開心。因為這樣你就能不用在意各種事情，好好看著我們，發自內心做出選擇了。我肯定……不，我和春珂肯定一直都在期待事情變成這樣。」

「……說得也是。」

我回答面帶笑容的秋玻後，深深嘆了口氣。

「抱歉，讓妳們等了這麼久，我才有辦法做出選擇……還有，謝謝妳願意對我說這種話。」

「呵呵……別客氣，你不需要向我道謝。」

——這是她的答覆。

就連這短短幾句話，語氣也是前所未有地輕鬆，讓我也跟著感到愉快。

就在這時——秋玻突然斜眼看向路邊。

在我們漫步的街道旁邊有一間連鎖咖啡廳。

秋玻看著自己映照在玻璃上的身影，摸了摸那頭短髮。

然後——

「……好想變可愛。」

「是喔……」

她小聲說出這句話。

「我想讓自己變得更可愛。我或許是頭一次有這種想法……」

——這句話讓我感到很意外。

感覺這應該是春珂會說的話，不太像是個性耿直的秋玻會說的話——

「妳怎麼會突然這麼想？」

「……果然如此。你會這麼想也很正常。」

秋玻輕輕笑了幾聲後，垂下目光。

「那個……接下來這段時間肯定非常重要。那將會是人生中只能經歷一次的寶貴時光……」

「或許……是這樣吧。」

「如果是這樣……」

然後她轉頭看了過來。

那雙藏有數億光年的深遠黑暗的眼睛筆直注視著我。

「跟你在一起的時候……不，只有這樣還不夠，就連在其他時候，我也想盡量讓自己保持美麗。」

——我好像可以理解她的心情。

因為我也有同樣的想法。

能夠與秋玻和春珂共度的時間或許已經所剩不多了。

如果是這樣，我也想盡量做個能夠感到自豪的人。

「……因為我對自己的外表不是很有自信……」

秋玻一臉困擾地繼續說下去。

「畢竟我從來不曾把心思放在打扮上……」

「不不不……」

我忍不住說出這句話。

「在我眼中，妳一直都很可愛。」

——我是真的這麼認為。

秋玻連片刻都不可能會有不可愛的時候。

春珂也是一樣，她們兩人在我眼中一直都很可愛。

雖然以客觀的角度來看，她們兩個都是美女，但更重要的是——她們對我來說就是這麼有魅力。

然後——聽到我這麼說，秋玻睜大眼睛。

眼神游移不定，嘴巴微微顫動。

「……你老是隨便說出這種話。」

她語帶不滿，小聲地如此說道。

「我覺得男生不該隨便對女孩子說這種話……」

「……哎，或許妳說得對。」

那確實像是輕浮的男人會說的話。

我不想作賤自己，決定心懷感激地接受這個忠告。

「我會注意的，以後我會盡量避免。」

「嗯，你聽得進去就好……」

說完，我們同時笑了出來。

總覺得這種平靜的時光——已經好久不曾有過了。

就在這時，她突然停下腳步。

「……好像快要對調了。」

然後一臉遺憾地這麼說。

「矢野同學，我們明天見。請你幫我向春珂問好。」

「我會的。明天見。」

說完——秋玻輕輕點頭，交棒給春珂。

＊

「——好……好想變可愛？」

在放學回家的路上。

我說出剛才發生的事情，讓身旁的春珂驚訝地睜大雙眼。

「秋玻她……竟然說了那種話！」

「嗯、嗯，我沒騙妳……」

「她真的有那麼說嗎！你沒有加油添醋吧！」

「呃……應該沒有吧。話說，妳為什麼這麼驚訝……」

——我沒想到她會這麼吃驚。

雖然我自己也感到很意外就是了。

知道秋玻也會在意外表確實讓我嚇了一跳……但有必要這麼吃驚嗎？女孩子會在意外表不是很正常嗎？

可是——

「因為……我總覺得她一直下意識地逃避那方面的事情。」

春珂露出認真的表情開始對我這麼說。

「在我看來……她反倒是在避免自己像個女生，想故意……讓自己像個大叔。」

「啊，的確……經妳這麼一說，好像真的是這樣。」

——回頭想想，確實就跟春珂說的一樣。

比如說，秋玻喜歡爵士樂，還有日本的老電影。

她有時候還會穿著厚靴子出門，又很喜歡看書。

如果要用一個詞彙來歸結秋玻的喜好，那就是「大叔味」。

在此之前，我不是很在意這件事。

因為也有女生喜歡那些東西，我不曾覺得怪，也沒想過那可能是故意的。

可是……聽到春珂這麼說，我便感受到其中隱藏著秋玻的意志。

「那個……我覺得秋玻喜歡那些東西並不是騙人的。她看起來並沒有勉強自己，也不像在演戲。」

「我也這麼認為。」

「不過……至少她以前從來沒有明確說過想變可愛這種話……」

春珂垂下目光，交抱雙臂。

然後露出像是考試遇到難題時的表情。

「看來情況不太妙呢……」

「哪裡不妙了？」

「咦！當然是這個時間點很不妙啊！」

「時……時間點？」

看到春珂焦急的模樣，我愣愣地反問。

春珂從剛才開始就一直很激動，這樣是不是有點奇怪……？

為什麼她會表現得像是「緊急事態！」……

可是，面對感到疑惑的我，春珂怒目看了過來——

「那還用說嗎！現在可是你——要在我們之中做出選擇的時候耶！」

「……啊，原來如此……」

「她突然在這種時候說出那種話……不就是要開始認真的意思嗎……！……呃，雖然她能放自己自由是件好事，我也替她開心！可是！我還是會感到心急啊！」

「原……原來是這樣啊……」

對春珂來說，秋玻在這時候說出這種話可能確實是個需要煩惱的問題。

可是……這會讓我不知道該如何面對她們。

雖然這麼說有些臭屁，我可是那個被要求做出選擇的人……

「……好～～那我也要加油～～！」

春珂不明白我的心情，開始替自己加油打氣。

「如果秋玻決定這麼做，那我也要認真起來！……哎，雖然我一直都很認真就是了！」

她邊說——邊踏著沉重的步伐前進。

——我望著春珂的背影。

那背影就跟秋玻的一模一樣——

在此同時，我再次有種強烈的感覺。

那是讓人感到胸口難受的甜蜜痛楚。

那是讓人想把手伸過去，難以壓抑的焦躁感。

我還是一樣搞不清楚那是對誰懷有的情感。

可是，我很明確地感覺到了。這種感覺絕非虛假。

我現在——確實愛上了某人。

第二十九章
Chapter.29

【千迴百轉終有盡】

Bizarre Love Triangle

三角的距離無限趨近零

——秋玻的變化立刻就反映在外表上。

「咦……妳剪頭髮了嗎？」

她們兩人要求我做出選擇後過了幾天。

我跟往常一樣，來到她們住的公寓前面迎接她們。

看到站在眼前的秋玻——我忍不住叫了出來。

總覺得她給人的感覺變得不太一樣。

髮型並沒有明顯的改變，外表也沒有太大的變化。

可是，我總覺得她的臉色變好了些，給人的感覺也輕盈多了……

「哇，矢野同學，你看得出來……」

秋玻露出有些驚訝的表情後，開心地掩住嘴巴。

「因為覺得瀏海有點重，我稍微修了一下……我還是頭一次自己剪頭髮呢。」

「哦，不錯耶。」

一起邁出腳步的同時，我再次探頭看向她的臉。

「我覺得剪得很棒，不像是自己剪的。」

「真的嗎？太好了……！我以前每個月都會去美髮店剪頭髮，但瀏海每次都很快就變太長……」

秋玻與春珂確實會定期到附近的美髮店剪頭髮。

我覺得一個月去一次就很夠了，也不曾感覺她的頭髮變得太長。

可是……嗯。

實際看過修剪的成果後，就能明確感受到她的吹毛求疵有多大的「威力」。

在我眼前的秋玻變得有些鬥雞眼，往上看著自己的瀏海。

「既然你都這麼說了，我以後就定期自己修剪吧……」

表情帶有過去的秋玻所沒有的色彩——

那是一種有些開朗，卻又能感受到秋玻本人特有的溫柔知性的色彩——

走在她的身旁，我感覺到自己的心臟輕輕跳了一下。

接著——過了幾分鐘……

春珂跟秋玻對調了。

「……我、我也想了很多作戰！」

把我剛才跟秋玻的對話告訴她後，她就像敵軍已經殺到眼前的軍官，一臉嚴肅地說出這樣的感想。

「我不能一直被秋玻壓著打，必須馬上反擊……！」

「反……反擊？有這麼嚴重嗎……」

難、難道就不能換個溫和一點的說法嗎……

因為這又不是在互相攻擊，也不是真的在戰鬥……

可是——聽到我這麼說，春珂猛然睜大眼睛。

「——當然嚴重啊！」

「……咦、咦咦？」

「因為戀愛就是戰爭！而且是全面戰爭！如果想戰勝，就必須投入戰力！」

「是、是這樣嗎……」

「就是這樣！」

我不知道該擺出什麼樣的表情，只能畏畏縮縮地點頭。

現在是怎麼回事？我該做何反應才好……

雖然這個狀況是我自己造成的，但真的很令人傷腦筋……

……我想換個話題。

我一邊想著這種事情一邊很自然地環視周圍。

「……啊，有梅花……」

結果看到從路邊的房屋伸出來的樹枝，還有開在樹枝上的桃紅色花朵。

那些小巧的花瓣像是櫻花，迷人的香氣連這裡都聞得到。

那應該……是梅花吧。考慮到現在的季節，我肯定沒猜錯。

「原來已經來到這種季節了啊……」

在我心目中，梅花一直隱約給人「春天快要到來」的感覺。

前陣子明明還是冬天，景色卻已經完全改變，春天再過不久就要到來。

看著那些小巧可愛的花朵，我清楚感受到這個事實。

然後——

「……是啊，真的是梅花呢。」

就連我身旁的春珂也意外感慨地仰望那些梅花。

她停下腳步，瞇起眼睛望著梅花好一陣子。

那副模樣十分平靜，完全看不到剛才那種興奮的樣子。

我們兩人有好一段時間都在賞花——

「……正好是去年搬來這裡的時候呢。」

然後，春珂小聲說出這句話。

「我搬來西荻這裡的時候，路邊開的也是這種花呢……」

「……這樣啊，原來妳是在那時候搬來這裡的嗎？」

「嗯，所以我對這種花很有印象……在我以前住的北海道城市裡，很少有機會看到這種花，所以只要說到這個城市，我就會聯想到梅花……」

春珂似乎在回想當時的事情。

她像是在仔細吟味，慢慢說出這些話——

「這代表我已經搬來這裡一年了。在這裡遇到你，在二年四班度過每一天的日子，已經快要滿一年了……」

「……是啊。」

「時間過得真快。在這短短的一年裡，發生了很多事情呢……」

「嗯，我也這麼覺得。」

——我點了點頭，回想過去這一年發生的事情。

回想我遇到秋玻與春珂後，跟她們一起度過的每一天。

還有跟身邊的朋友說過的話語——

在回憶這些記憶的同時，我和春珂一直並肩站著，仰望那棵樹綻放的淡色花瓣。

——可是……

似乎有人對這段時光懷有其他情感——

＊

「……高二的日子……要結束……了……」

在校舍玄關跟還有值日生工作的春珂分開後，我來到二年四班的教室。

現在是早上開班會前的時間。

須藤說出這句話的聲音——就跟老人一樣沙啞。

「人生的……黃金歲月……逐漸離我遠去……」

她雙眼無神，頭髮也有些凌亂……

須藤看起來憔悴不堪，甚至連膚色都變得黯淡無光……

——她最近一直都是這副德行。

她以前就對高中二年級這段時期將要結束很悲觀，而時間已經來到三月上旬。因為天氣逐漸變暖，三年級生的畢業典禮也即將到來，似乎讓她感到更為絕望。

可是——

「原來已經到了這個時期啊。」

「不知道明年分班會是什麼樣的結果……」

「考慮到大家選填的志願，我們應該會被分到不同班級吧？」

細野、柊同學和修司看起來卻不是很在意。

我們很自然地聊起下個學年的事。

「我、矢野同學和秋玻與春珂都是文組特考組……」

「我和須藤是文組升學組，修司是理組特考組。」

「這可能是我頭一次跟須藤讀不同班級。不過，這種感覺也挺新鮮的——」

「——喂喂喂！你們等一下啦！」

看到我們和樂融融地談天說笑，須藤激動地插嘴。

「為什麼你們能若無其事地繼續聊天……！沒看到伊津佳變得這麼憔悴嗎……！」

須藤用感到意外的表情掃視我們。

可是——細野只是嘆了口氣。

「唉……這樣的對話到底說過多少遍了啊！」

他猛然睜大眼睛，反過來回嘴。

「重複那麼多次！誰都會厭煩吧！」

……哎，細野說得沒錯。

須藤最近一直很厭世。

她總是唉聲嘆氣，碎碎唸著「高二結束了……」或「我不行了……」這種話，讓周圍的人去關心她。

可是——大家也差不多都感到厭煩了。

雖然覺得有些可憐，但我們也不能一直陪她演這齣戲。

「更何況只是高二結束，根本就不會有太大的改變！人生的黃金歲月是什麼時候，應該取決於妳自己吧！」

細野繼續說下去。

修司與柊同學似乎也抱有同樣的想法。

「沒錯。就算分到不同的班級，我們今後應該還是能繼續當好朋友。」

「嗯……快樂的時光肯定不會結束的！」

他們對須藤這麼說，想結束這個話題。

不過，須藤還是一副無法接受的樣子。

「嗚嗚嗚……竟然連修司和小時都這麼說！」

她握緊拳頭，將視線移向我——

「矢野！大家都好冷淡喔！不過，你應該會站在我這邊對吧！你可以體會我的心情對吧！」

甚至還說出這種話。

……哎，我就知道她會向我討救兵。

畢竟現場只有我沒有開口說話。

我輕輕嘆了口氣。

稍微想了一下後——誠實地對須藤說出自己的想法。

「……這個嘛，我也覺得妳說得沒錯。」

——「咦？」所有人都用疑惑的眼神看了過來。

修司、細野與柊同學都睜大眼睛注視著我。

而且不知為何連須藤都是這種反應。

「咦……？真的假的？矢野，你也可以體會嗎？」

她有些困惑地這麼問道。

「你也因為黃金歲月要結束了而感到絕望嗎……？」

「呃，為什麼主動說出這種話的妳會是這種反應……」

「咦，因為……我沒想到真的會有人表示贊同。」

「噢，原來如此……」

的確——如果是不久前的我，肯定不會說出這種話。

在參加職場體驗活動，與野野村九十九先生談過以前，我沒有多餘心力去顧及其他事情。而且——如果是那個無法在秋玻與春珂之間做出選擇的我，肯定會比任何人都要反對須藤這些話。

我應該會懷著「但是我們必須繼續前進」或「不能緊抓著過去不放！」這種正經八百的想法吧。

可是——

「這段時光不會重來，難道不是事實嗎？」

我的想法現在有些不一樣了。

「至於現在是不是人生中最棒的時期，就跟大家說的一樣，沒人知道答案……但因為這段非常重要的時期將要結束而感到遺憾，我也不是無法理解。」

能夠懷著這種心情跟這群朋友說這些話的機會，恐怕只有現在了。

同樣的情況再也不會發生，時間也無法倒回。

我也可以理解須藤為此感到寂寞的心情。

「所以——」

我整個人靠在椅背上。

「我想好好享受這段時光，不管是開心還是討厭的事。」

「……矢野，你怎麼了……」

聽到我這些話，須藤露出狐疑的表情。

「總覺得……你變得非常沉穩。」

沉穩啊……

哎，在別人眼中或許是這樣吧。

如果不知道我這陣子經歷過什麼樣的事，肯定會對我的變化感到意外吧。

「這個嘛……最近發生了許多事情。」

我微微一笑後，這麼告訴須藤。

「或許是因為這樣，讓我的心境有了不少變化。」

「哦，原來是這樣啊……」

須藤露出不可思議的表情，用圓滾滾的眼睛看著我。

「看到你這麼沉穩的樣子，總覺得有點奇怪呢。不過，這樣啊……我想你應該真的遇到了不少事情……」

說完，她回給我一個笑容。

那表情不知為何看起來有些寂寞。

像是被人丟下的小孩子，又像是目送朋友遠去的表情——

這讓我——突然想到。

——比如說，我跟野野村先生聊過心事，還有這對我造成的影響。

——比如說，自從遇到霧香以後，一直隱藏在我心中的煩惱。

——比如說，秋玻、春珂與我現在的關係。

這些事情我幾乎——不曾告訴須藤、修司、細野與柊同學。

因為……要我把自己身處的複雜處境與難解心事告訴這些朋友，我實在無法不感到抗拒。

而且這還關係到秋玻與春珂的隱私，我不能擅自告訴別人。

此外，大家也都沒有貿然過問我們的私事。

他們肯定是隱約感受到我們面對的問題有多麼嚴重吧。

這件事本身讓我非常感激，大家的關懷幫了我很大的忙。

可是——

「……哎，是啊。」

說完，我回給須藤一個笑容。

「我真的遇到了很多事情，有機會我會告訴妳的。」

「沒問題，那就下次再說吧。」

我說出慣用的藉口，而須藤也用輕鬆的口氣接受了這個藉口。

這頭一次——讓我感到難受。

或許我該告訴他們更多事情。

不管是過去還是現在，或許我該試著把自己的心事、煩惱與處境告訴他們——

就在我這麼想的時候——

「——喔，怎麼怎麼？你們在聊什麼～～？」

春珂從教室後面的門走了進來。

秋玻與春珂今天是值日生。看來她們總算處理好在教職員辦公室裡的工作了。

然後，她很自然地在我身旁坐下。

「春珂，妳聽我說～～！大家都欺負我啦～～！」

須藤抱住她哭訴。

「大家都不理我～～！我們班就要解散了，人家感到很寂寞耶～～……」

「咦！太過分了！為什麼你們都不理她！」

春珂摸摸須藤的頭安慰她，很輕易就相信了她的說詞。

面對春珂責備的眼神，細野慌張地辯解：
「那是因為她這些話已經講過太多次了！水瀨同學，妳應該也覺得很煩不是嗎！」
「雖然她確實有點煩，但我絕對不會不理她！」
「春珂，沒想到連妳都嫌我煩！」
——須藤大聲叫了出來，爭論也變得更加激烈。
「大家都好過分！虧我還把你們當成好朋友！」
「就算是再好的朋友，也該有分寸吧！不是大家都是好朋友就可以無所顧忌！」
「至少可以陪我談心吧！」
「妳那根本不是談心，就只是永無止境的發牢騷……」
「那有什麼關係！每個人都會有想找人喝酒訴苦的時候吧！」
「妳是居酒屋裡的大叔喔！妳不是青春年華的高中二年級生嗎！」
——熟悉的對話再次在眼前上演。
雖然有些放肆，卻是令人感到愉快的對話。
在這樣的場面……
「不過……好像真的是這樣呢。」
春珂小聲說出這樣的感想。

「這個班級就要解散，確實讓人感到有些寂寞……」

看到那種表情——我想起春珂剛才仰望梅花時的表情。

——跟我們幾個比起來……

春珂對這件事或許更有感觸。

雙重人格要結束了。

她不知道自己會變成什麼樣子。

比起我、須藤和其他人，這段時間對春珂來說或許更加寶貴——

於是，春珂露出陷入沉思的表情。

「……啊。」

然後突然叫了出來。

「嗯？春珂，怎麼了……」

「有東西忘了拿嗎？」

「不是啦！不是這樣的……」

春珂的臉上露出笑容。

「我好像想到一個好主意了……」

「咦！什麼好主意？妳想到什麼了！」

須藤探出身體這麼問，春珂再次露出煩惱的表情。

「嗯～～我是可以現在說出來啦，可是，我也想先跟大家商量看看……嗯，就這麼辦吧！」

她似乎下定決心，獨自點了點頭。

「我等一下會在班會上宣布。敬請期待吧！」

＊

「——事情就是這樣，關於畢業典禮彩排的事情，我下次會向大家說明。請各位稍安勿躁。」

現在是早上的班會。

千代田老師的話也快說完了。

因為現在是第三學期上旬，議題也幾乎都是畢業典禮、結業典禮與下個學年的行事這些特別的事情，讓人再次感覺到這個學年即將結束。

總覺得教室裡瀰漫著一股浮躁不安，稍微有別於日常生活的氣息。

然後——

「好，我說完了。大家有話想說嗎？」

當千代田老師掃視我們這些學生時，底下總算有動作了。

「——我、我有……！」

教室裡響起她——春珂緊張的聲音。

「老師，我可以發言嗎……！」

「哎呀，怎麼了？」

千代田老師一臉意外，疑惑地微微歪頭。

「難得妳會想發表意見，有什麼問題嗎？」

「是的……我有些話想對大家說！」

「這樣啊。嗯，當然沒問題。請上台。」

在千代田老師的催促下，春珂拿著筆記本走上講台。

在這段期間——教室裡也開始發出交頭接耳的聲音。

不過，大家會感到驚訝也很正常，因為春珂幾乎不曾像這樣站在眾人面前。雖然她在文化祭的時候表演過人偶戲，但那也是因為有人邀請。

「哇～好緊張……」

春珂把筆記本擺在講桌上，在講台上站好，臉頰染上一層桃紅，露出奇怪的笑容。

「站在這裡看著教室，感覺真是不可思議……大家好，占用你們的時間，真是不好意思。可是，我有件無論如何都想提議的事情……」

說完，春珂稍微清了清喉嚨。

做了深呼吸後，她戰戰兢兢地開始發言。

「自從來到這個班上……來到這個二年四班以後，馬上就要滿一年了……這一年過得很快，也過得非常開心……不但有文化祭，還有教育旅行，發生了許多事情。這些全都是令人難以忘懷的回憶……」

她的口氣就像是在把信唸出來一樣嚴肅，讓不少同學點頭表示贊同。

在我眼中，今年確實有許多比一年級時令人有印象的活動。

就算以後出了社會，我肯定也會不斷想起來。

「順帶一提……我和秋玻轉學過來的時間也差不多快滿一年了。對我個人來說，這也是印象深刻的一年……因為我們以為沒人能接受雙重人格這種事，原本是打算一直隱瞞下去，可是……大家接受了我們。這件事讓我感激不盡……真的很謝謝大家。」

——春珂說得沒錯。她們兩人是雙重人格者這件事，在我們班上已經在不知不覺中變成理所當然的事情。

春天，當她向大家說出這個祕密時，大家還表現出有些複雜的反應。

有些學生很自然就接納了這件事，但也有些學生懷疑她在說謊。

有些學生覺得她們其實是中二病，不想跟她們扯上關係，也有些學生莫名對她們感到同情並且主動接近。

這件事情傳了開來，甚至有其他年級或其他學校的人跑來看她們。

……當然，現在依然有人會用異樣的眼光看她們。

背地裡或許有人會故意欺負、捉弄她們，或是拿她們開玩笑。

可是，因為她們兩人一直很自然地對調，至少在我們班上，她們的雙重人格是件理所當然的事。

我發現就算她們沒有說出自己是誰，大家也開始可以透過舉止和口氣判斷出現在出現的人格是誰。

對她們兩人來說，這或許是從未有過的經驗。

有時候……

「現在可能是我們人生中最快樂的時光……」

她們兩人還會說出這種話。

「——所以……」

春珂繼續說下去。

「在這個二年四班解散前，我有件最後想做的事……糟糕，對調的時間到了……」

就在這時，春珂露出焦急的表情笑了出來。

「接下來就由秋玻來說明吧。請大家等一下……」

說完，春珂轉身面對黑板。

……咦？喂，這樣沒問題嗎？

在這種時候對調，秋玻不會一頭霧水嗎！

正當我這麼擔心的時候，她們兩個人格對調了。

默默低著頭一段時間後——秋玻抬起頭來。

然後，她再次轉身面對大家。

「……咦！現、現在是怎麼回事……！」

——如我所料，眼前這個意想不到的景象讓她看傻了眼。

「我怎麼會站在講台上……！難不成我正在宣布什麼事情嗎……！」

……想也知道她會有這種反應吧！

我慌張地準備開口告訴她現在的情況。

「啊，秋玻同學，妳不用慌張。」

但旁邊的千代田老師立刻先一步出面替她解圍。

「春珂同學正在跟大家商量一些事情，但話才說到一半，妳們兩個就對調了……春珂同學說接下來的事情會由妳來說明，她有沒有交代妳什麼事情？」

「呃，我沒有印象……啊，可是……」

秋玻將視線移向擺在講桌上的筆記本。

「這裡有春珂留給我的訊息……真是的，她做事未免太亂來了吧……」

……我也這麼覺得。

如果知道會在宣布到一半時人格對調，至少應該事前說一聲吧……

不過……儘管春珂如此亂來，秋玻看起來似乎並不反感。

她露出苦笑並翻開筆記本，迅速掃視內容。

「……妳可以嗎？需不需要等妳們下次對調再說？」

千代田老師貼心地這麼問，但秋玻輕輕搖頭。

「不……我想應該沒問題。她好像把想說的話都寫在這上面了……原來如此，我知道她的意思了。真拿她沒辦法……」

然後她抬起視線，看向班上的同學。

「……不好意思，手忙腳亂的。接下來就由我來說明吧。」

她再次露出傷腦筋的笑容。

然後——

「春珂她——好像想舉辦一場二年四班的『惜別會』。」

她簡單明瞭地如此說明。

「為了回顧這個班級過去這一年，為了讓所有人都能玩得開心，她想要舉辦一場小型的活動……不管是畢業典禮還是結業典禮，都是屬於學校全體的活動吧？所以，她想舉辦一場規模較小，能為這一年劃下句點的活動。」

……原來如此。

舉辦一場以班級為單位的這種活動，感覺確實不錯。

一般來說，重新分班的時候並不會舉辦正式的惜別會。

就算有人舉辦，也頂多就是幾個要好的朋友一起去吃飯。明明大家整年都在一起，班級這種團體卻會默默地解散。

可是，為了牢牢記住這一年，也為了好好告別這一年，舉辦這樣的活動或許是個好主意……

「預定舉辦的時間是開始放春假以後。她似乎是打算在四月以前找個地方舉辦惜別會。因為到時候學校也休息了，她想找間店包場舉辦。」

嗯，我也是這麼想的。

如果要讓這麼多人齊聚一堂，還是得包下一間店或是借用專門用來開派對的場地。

「此外，如果要舉辦，春珂好像希望由我們兩個……還有矢野同學來擔任主要的執行委員。」

「……咦？」

突然聽到自己的名字，讓我忍不住叫了出來。

「我、我來當執行委員……？」

「對……因為我們一起做過文化祭執行委員，她好像覺得跟熟悉的人一起可以更順利地做好準備工作。當然，她好像也打算拜託其他同學幫忙……」

「原、原來如此……」

雖然我點頭表示贊同，還是覺得有點不可思議。

她應該不需要直接指名我擔任執行委員吧？

雖然我們確實很熟悉彼此，也應該可以順利完成這件事，但是讓更多人來幫忙，像是須藤或修司之類，應該也很好啊……

……難道說……

這就是春珂口中的「作戰」？

難道這是她為了在我忙著確認自己心意的這段期間，讓自己盡量多跟我在一起的策略嗎……

「所以……如何？」

闔上筆記本後，秋玻詢問眾人的意見。

「對於春珂的提議，大家有何感想？我是覺得這個想法很不錯……」

「——我我我！我覺得這是個好主意～～！」

第一個表示贊成的人——是須藤。

她輕快地舉著手，雙馬尾跳個不停，完全擺脫剛才的消極厭世，激動地表示贊同。

「我不想抱著遺憾結束這一年！我會幫忙做準備，絕對要辦成這場惜別會！」

——聽到她這麼說，讓教室裡充滿著贊成這個提議的氛圍。

教室裡開始傳出同學們小聲討論的聲音。

「——聽起來不錯吧？我也想在最後找幾個傢伙一起大玩特玩。」

「——這種心情我也懂。我一直想找機會跟廣尾同學聊音樂。」

「——畢竟今年真的發生了不少事情～～」

「——明年要準備入學考，絕對辦不了這種活動，也只能趁現在辦了吧？」

這個班級的感情原本就很不錯。

或許大家都對這群人將要分道揚鑣隱約感到寂寞吧。

除此之外——

「不錯啊，聽起來很有意思。」

在教室中間附近——有人說出了這句話。

聲音的主人是——

「如果要舉辦，我也會幫忙準備～」

——身為班上外向女生核心人物的古暮千景同學。

對她來說，這一年應該也很難忘。

她在前半年被修司拒絕，但在文化祭時就重新振作起來，教育旅行時完全走出傷痛，為了繼承家裡的咖啡廳，她想考大學的商學院，似乎早就開始準備考試。

因為得到她的贊同，班上充滿了這件事就此定案的氛圍。

這種事也不需要投票表決，就算直接決定舉辦應該也沒關係。

不過，秋玻一臉開心地環視眾人後——好像突然想到某件事。

「……沙也、加奈，妳們覺得怎麼樣？」

然後，她溫柔地詢問靜靜坐在教室角落的兩位女生。

「如果要舉辦惜別會，妳們兩位願意來參加嗎……？」

她們是與野沙也同學和氏家加奈同學。

這兩位個性文靜的女生都是手藝社社員，跟春珂的感情很好。

文化祭的時候，她們還跟柊同學與春珂一起表演人偶戲，之後她們四個人一直都很要好。

所以，秋玻才會在意這兩位內向女生的想法。

「咦，我、我覺得這是很棒的主意！」

與野同學握緊拳頭如此主張。

「我跟加奈剛才討論時也說這個主意很不錯……」

「嗯，我絕對要參加！因為我今年真的過得很開心……」

「這樣啊……謝謝妳們。」

秋玻鬆了口氣，點點頭。

然後，她轉頭看向千代田老師——

「所以……大家好像都贊成這個提議。這樣我們可以舉辦惜別會嗎？可以就這樣推動這個計畫嗎？」

「這個嘛……」

面對她的目光，千代田老師交抱雙臂。

「……如果活動內容有遵守高中生該有的規矩，我想應該沒問題。所以，我要你們把活動內容與地點這些事情報告清楚。我也會去跟被選為活動會場的店家打聲招呼，就只有這點請各位務必遵守。」

「我明白了。我一定會確實向您報告。」

秋玻很乾脆地點頭答應。

於是她——接著又看向我。

「那最後就是……矢野同學，春珂指名要你幫忙，你願意陪我們一起準備嗎？……我也覺得如果有你幫忙，應該能辦一場很棒的惜別會……」

——秋玻露出有些不安的表情。

她明明早就知道我會怎麼回答了。

即使如此，她好像還是擔心我會說出她意想不到的回應。

所以——

「——我當然會幫忙。」

我清楚地如此回答。

「離第三學期結束已經沒有多少時間，我們今天就馬上開始規劃吧。」

「……我明白了。」

秋玻——臉上的不安終於融化，露出放心的表情。

「謝謝你願意幫忙……」

——面對事情如此進展……

我和秋玻這一連串的對話——「喔喔～～……」教室裡發出一陣小小的聲音。

那不是佩服或感動的意思……

很明顯是在調侃我們——

然後——

「等一下等一下～～你們兩個不要一大早就公然放閃啦～～」

古暮同學一臉傻眼地表達不滿。

「話說，這該不會才是妳的目的吧？莫非我們只是讓你們有機會獨處的藉口嗎？」

「咦！我、我沒有那個意思……！」

秋玻的臉迅速發紅，慌張地對古暮同學不斷揮手。

「我只是把春珂寫在紙上的願望說出來而已……！」

可是——她已經阻擋不了現場的風向。

周圍其他人也接連開始起鬨——

「——喂喂喂，真的假的～～！」

「——水瀨同學，妳的城府也太深了吧～～」

在這些聲音的包圍下，秋玻伸手遮掩自己紅透的臉頰。

我也被身邊的同學捉弄，感覺自己害羞得腦袋發燙。

可是——

我突然想到一件事。

這些同學都對我們這麼友善。

他們應該是懷著善意在旁邊起鬨。

他們——並不曉得秋玻與春珂接下來會遇到的事情。

他們應該有注意到雙重人格的問題，還有我跟她們兩人之間複雜的關係，以及人格對調的時間越來越短。

然而——他們並不曉得最重要的事情。

那就是雙重人格總有一天會結束，以及到時候會發生什麼事——

「——這樣找藉口未免太費工夫了吧～～！」

「——不是啦，春珂是真心想辦惜別會！」

我向大家如此辯解。

同時為此感受到令人心痛的罪惡感——

＊

「——哎呀，矢野同學。」
「啊，老師好。」
——下課時間。
我上完廁所，準備走回教室。
聽到千代田老師的呼喚聲，我當場停下腳步。
她的身高就跟小孩子一樣矮，還留著偏短的頭髮。
可是，她端正的臉孔散發成年人的知性，給人深不可測的感覺。她就是我們的班導——千代田百瀨老師。
看來她正準備去某間教室上課。
可是，也許是時間還很充裕，她一派輕鬆地繼續說下去。
「我很期待你們辦的惜別會喔。我自己還是學生的時候不是很常參加這種活動，所以很羨慕你們呢。」

「這樣啊……啊，那老師也要參加嗎？我想大家肯定都會很開心。」

這不是客套話，老師真的很受二年四班學生喜愛。

她做人隨和又古道熱腸，在我們的心目中，與其說是老師，感覺更像是可靠的鄰家大姊姊。我想班上同學們肯定都會歡迎老師來參加惜別會。

然而——

「噢，這個嘛……你的好意我心領了。」

千代田老師露出傷腦筋的笑容，對我如此說道：

「這種活動只有在沒有大人在場時才能玩得盡興。要是我也在，你們也會有所顧忌吧？你們不需要顧慮我，只要能玩得開心就行了。」

「……是嗎？」

……雖然覺得有些可惜，既然她本人都這麼說了，我也只能放棄。

的確，就算千代田老師跟學生如此親近，有沒有老師在場還是會對整個活動的氣氛造成很大的影響。

讓這次活動只有學生參加或許也不是壞事。

正當我忙著思考這些時——

「……我沒想到春珂同學會說出那種話。」

千代田老師突然瞇起眼睛，小聲說出這句話。
「她也改變了不少呢……」
「……是啊。不過，我覺得那可能才是她的本性。」
我點點頭，如此回答：
「也許是因為事情發展到這個地步……春珂才總算可以擺脫各種枷鎖，展現出自己真正的模樣。」
——聽到我這句話，千代田老師稍微愣了一下。
「……有道理。或許你是對的。」
「對吧？仔細想想，其實之前就能看到這樣的跡象。」
「沒錯。她以前就曾表現出頗為積極的一面……」
——我們討論著春珂的事情。
同時，千代田老師不知為何——一直盯著我的臉。
那雙與小巧的臉龐格格不入的大眼睛筆直地注視著我——
……怎、怎麼了？
我是不是說錯話了……
我感到有些緊張，不知道接下來該說什麼。

「……我覺得好不甘心。」

千代田老師卻脫口說出這句話。

「不……不甘心？為什麼？」

「因為……你看起來心情也變得輕鬆多了。」

千代田老師一臉不滿地嘟起嘴巴。

「我在想……這會不會是你跟九十九……也就是我丈夫聊過之後的影響。」

「噢……嗯，是吧。」

千代田老師說得沒錯。

野野村九十九先生是一位在町田出版社上班的編輯，也是千代田老師的丈夫。

跟他聊過以後——我的心情就變得好多了。

他讓我發自內心覺得自己可以活得更從容。

對於這件事，我一直非常感謝他……

「……一直跟你相處的人是我。」

千代田老師用向朋友發牢騷般的語氣繼續說下去：

「可是，這個重要任務卻在關鍵時刻被丈夫搶走……我總覺得有些不能接受。」

「啊啊，原來如此。」

我忍不住笑了出來。

這樣啊……原來千代田老師——原來大人也會有這種想法。

對老師來說，這確實會讓她覺得最後的功勞被野野村先生搶走了。

可是——帶領我走到那一步的人毫無疑問是千代田老師。

因為有老師明裡暗裡開導我，我才能有這種想法。

所以……

「老師，這都是妳的功勞。」

我發自內心對千代田老師這麼說。

「如果沒有妳，就算我見過野野村先生，也絕對不會變成現在這樣。所以，我能變成現在這樣，都是妳的功勞。」

「是嗎？那就好……」

千代田老師雖然嘴上這麼說，看起來還是有些不滿。

這讓我感覺她真的像是一位朋友，而不是老師，忍不住笑了出來。

才剛覺得她像老師，就發現她像朋友的一面。

才剛覺得她深不可測，就看到她毫無隱瞞的一面。

她真的……是很不可思議的人。

然後——

「……對了對了，還有……」

——千代田老師壓低音量，換了個話題。

「關於秋玻同學與春珂同學的雙重人格那件事……」

「……嗯。」

聽到這句話，我不由得挺直背脊。

接下來——肯定是嚴肅的話題。

還是關於雙重人格的事情——

千代田老師的聲音聽起來也有些緊張。

「好像真的……快要走到終點了。」

她小聲地這麼說。

「雖然主治醫師不太能給出正確的答案，但根據他的經驗……最多只能再撐一個月左右。他還說人格對調的時間也會再次逐漸縮短。」

「……是嗎？」

點頭的同時，我感覺到自己的心跳正慢慢加快。

——快要走到終點了。

——人格對調的時間將會縮短。

這些——當然都是可以預期的事情。

也是我和秋玻與春珂一起選擇的。

可是，聽到別人清楚說出這樣的結果，還是讓我感到背脊有些發寒。

還有就是——千代田老師也明白我們的「現狀」這件事。

我發現千代田老師從以前就經常做出超出「教師職責」的行動。

比如說，她莫名清楚我們的私事，還知道秋玻與春珂的病況。我甚至發現她會在背地替我們解決各種問題。

說不定她有直接從秋玻與春珂那邊聽說了什麼。

可是，即使如此——「老師什麼都知道」這件事還是每次都會讓我心頭一驚。

「事實上……她人格對調的時間已經比前陣子短了。」

不知道千代田老師是不是明白我的想法，她繼續說下去。

「你想嘛……早上班會的時候，她們不是也對調了嗎？」

「嗯，是啊。就是春珂硬要上台說話的時候……」

當時我真的嚇了一跳。

因為她們兩人以前一直都很注意人格對調的時間。

即使到了現在，那件事還是讓我感到有些不對勁。

「我想……那應該是因為人格對調的時間縮短了。她們人格對調的時間……今天好像是二十五分鐘左右。」

「妳說……二十五分鐘嗎！」

——我下意識地叫了出來。

她們表明希望我做出選擇的那一天，人格對調的時間是三十分鐘左右。

我在那之後並沒有仔細計算……沒想到變成二十五分鐘了。

如果是這樣，她們會在講台上人格對調或許也是沒辦法的事。

在此之前，她們有好幾個月都是三十分鐘對調一次。

就算這段間隔突然有所改變，也不可能馬上適應……

「……當然，我們也會隨時觀察她的狀況。」

說完，千代田老師看了過來。

「我們已經做好要是出狀況就能立刻應對的準備，也準備好盡量幫助她們了。可是，我們的支援還是有限……因為我們沒辦法一直陪在她們身邊……」

千代田老師咬著下脣。

那是對自己的力有未逮感到羞恥與懊悔的表情——

然後，她懇切地向我拜託。

「請你務必……好好看著她們倆。要是她們出了什麼狀況，一定要盡快察覺……」

「……我會的。」

我深深點了點頭。

我想要這麼做。我是真心這麼想的。

我想盡量待在她們身邊，仔細看著她們的變化。

「其實我不該拜託你做這種事……」

說完，千代田老師如此自嘲：

「對不起，其實我是想只靠大人的力量做好這件事……」

「……沒關係。」

看到她這樣，我笑著安慰她。

「我也想盡力幫助她。」

——在此之前，我一直以為大人跟我們活在不一樣的世界。

我以為他們跟還是孩子的我有段距離，還有著明確的隔閡，不管是能力還是心靈都跟我完全不同。

可是——跟野野村先生交流過以後，我知道了一件事。

那就是他們也跟我們一樣，只是普通人。

他們也會失敗，也會感到不安，也會在後悔中繼續前進。

這點——跟我們毫無分別。

所以……

「請妳放心交給我吧，我會盡力而為。」

說完，我給了千代田老師一個笑容。

我不想向她撒嬌，而是想幫助她。

我確實還未成年，只是個被保護者，在社會中是毫無力量的弱者。

大人跟孩子不一樣，肩負著責任，而孩子也覺得自己可以依靠大人，也應該依靠大人。

可是，我想盡力去做自己力所能及的事情，不想把責任推給別人。

我想幫助秋玻與春珂——不是為了別人，而是為了我自己。

千代田老師有些驚訝地睜大雙眼。

眨了兩三下眼睛後——她不知為何再次不滿地嘟起嘴。

「矢野同學，你真的變了……」

她看向窗外。

茫然眺望著淺藍色的天空。

「不過這也難怪……畢竟你認識她們已經快要一年了呢……」

她瞇起眼睛，自言自語般小聲呢喃。

【放學後小夜曲】

第三十章
Chapter.30

Bizarre Love Triangle

三角的距離無限趨近零

——春天即將到來，放學後的車站前面滿是行人，熱鬧得不得了。

有西裝筆挺的上班族，還有不知從事何種職業，打扮休閒的大哥。

我還跟好幾位騎腳踏車載小孩的大人擦身而過，也許大家都正準備從育幼院回家。

雖然他們都還穿著冬季的服裝，但溫度確實正逐漸回升。

路邊的便利商店在舉辦女兒節活動，就連那些桃紅色與淡綠色的裝飾品也令人心情雀躍。

看到我的反應——

「矢野同學，我們要去哪裡討論？」

走在旁邊的春珂如此問道。

「我還是頭一次來到這附近……那是間什麼樣的店啊？」

「噢……就在這條路後面，是一間個人經營的咖啡廳。」

我一邊回答一邊指向這條路的另一頭。

「那裡很安靜，是間不錯的咖啡廳，我覺得是開會討論的好地方——」

——離這個學年結束只剩下三個星期多一點。

如果要舉辦惜別會，我們剩下的時間並不是很充裕。

因此，為了盡快完成準備工作，我們打算先討論惜別會的概要內容與大方向。

順帶一提——我原本是打算跟平時一樣在社辦裡討論。

如果只是要制定計畫，不管要在哪裡討論都行。

然而今天上完課，我本來正準備前往社辦。

「——我們要不要另外找間店，去那邊討論？」

可是，春珂卻突然如此提議。

「機會難得，我想來場正式的會議，而不是平常那種閒聊！」

……我也覺得如果是在社辦討論，可能會跟平常一樣虛度光陰。

為了舉辦一場能讓大家玩得盡興的惜別會，我想在制定計畫時就全力以赴。

因為這個緣故，我提議到附近的咖啡廳開會。

於是，我們兩人一起來到傍晚的西荻車站前面。

然後走了一小段路。

馬上就要看到我們要去的店了——

「……應該差不多可以了吧～～」

春珂突然說出這句話。

「我們已經離學校夠遠了……」
「咦？離學校夠遠？什麼意思？」
春珂沒有回答我的問題，露出調皮的笑容。
然後——
「嘿！」
說出這句話的同時——她抱住了我的手。
而且還是用雙手緊緊抱住我的左手。
「——喂、喂，春珂！」
我下意識地叫了出來。
周圍的路人嚇了一跳，紛紛斜眼看過來。
我趕緊壓低音量。
「妳、妳怎麼突然抱住我……！而、而且還貼得……這麼緊！」
在我說這些話的同時，春珂身體的感觸也從手臂上傳來。
她的雙手使勁抱著我的手。
胸前的柔軟雙峰也必然跟著壓了過來。
此外——每當她邁出腳步，我的指尖都會碰到她滑嫩的大腿。

——這不是我頭一次碰觸她的身體。

我曾經出於自己的意志，在她的同意下摸過，絕不是第一次體驗這種柔軟的感觸。

可是——我這次是在別人面前跟她貼在一起。

在大庭廣眾之下跟她緊貼著身體，讓我心生動搖。

然而——

「嘿嘿嘿～～……」

春珂卻露出放鬆的表情。

「我早就說過了！我一直在思考該如何發動攻勢！現在已經顧不了那麼多了，我要盡全力讓你在意我！」

「就算這樣，妳也沒必要貼得這麼緊吧！」

不斷從手臂傳來的感觸讓我心裡小鹿亂撞。

我確實很在意，但這種感覺應該是感到混亂才對……

可是，春珂一點也不介意。

「我才不會手下留情呢！」

還一臉理所當然地如此主張。

「秋玻都認真起來了！我也得全力以赴才行！這已經是一場看誰能讓你心動的較量

了！」

「我、我覺得不是這種比賽啦……」

說起來，連這件事算不算比賽都有待商榷。

其實我心中——應該早就有答案了。

我到底喜歡誰，打從一開始就決定了，只是我沒有自覺罷了。所以，我現在肯定正在找尋那個答案……就算她對我做出這種事，答案應該也不會改變……

更何況——

「……照妳這種說法，這對秋玻也有利不是嗎？因為一旦妳們對調，秋玻也會跟我貼在一起。」

現在的人格對調時間連三十分鐘都不到。

也就是說，她們很快就會對調，到時候抱著我的人就會變成秋玻。

可是，春珂當然已經考慮到這點了。

「我會在人格對調的前一刻跟你分開！絕對不會讓她白白賺到！」

她用充滿自信的表情如此回答。

「相反地，我覺得秋玻做不出主動抱住你這種事。換句話說，現在的戰況是我占上風！」

「……是、是這樣嗎？」

我被她的氣勢壓倒，怯怯地表示贊同。

春珂的心意讓我很開心……但我不知道該做何反應。

因為我實在不是很習慣這種親密接觸……

「……還有就是，我想先跟妳確認一下。」

就在這時，我決定說出自己實在無法不去在意的問題。

「妳應該不是因為想做這種事，才提議要辦惜別會吧……妳是真心想跟班上同學開心道別……而不是為了給自己做這種事的藉口對吧……」

我還是有些在意。

古暮同學當時曾經質疑這場惜別會只是個藉口。

當然，她本人應該只是想開個玩笑，不是發自內心這麼認為。班上同學應該也是一樣，所以才會那樣起鬨。

就算這樣——保險起見，在正式展開籌備工作之前，我還是想向春珂問個明白。

可是——

「……呵呵呵。」

春珂給了我一個意味深長的眼神。

然後露出燦爛的笑容。

「你在說什麼啊？那種事不用想也知道吧……？」

說完，她探頭看向我的臉——

「這一切……全都是為了跟你獨處啊！」

「……咦咦！」

「不管是想留下回憶，還是想跟大家來場快樂的聚會，全都只是藉口。其實我是想像這樣每天放學後跟你見面，讓你喜歡上我……！」

「真……真的假的……！」

「當然是真的！我不是說過，戀愛就是一場全面戰爭嗎！只要是為了得到你的愛，這種程度的事情我當然做得出來～」

「……不會吧……」

——我大受打擊。

我是真的感到相當震撼……

原、原來她是這麼想的……虧我還很高興……

看到春珂那麼珍惜這個班級，主動在班會上提議要做這件事，我真的很開心……

——可是……

我表現出垂頭喪氣的樣子。

「……啊哈哈，喂～～你不要當真啦～～」

春珂立刻皺起眉頭，一臉愧疚地向我解釋。

「我是開玩笑的～～我不會只為了跟你在一起，就這種大費周章～～」

「……咦？」

「所以，我真的只是在開玩笑！我只是想稍微捉弄你一下，才會故意說謊～～」

「……真、真的嗎？」

我總覺得……沒辦法相信她這些話。

因為這個玩笑開得太過火，讓我真的大受打擊，完全看不透她真正的想法……

到底有哪些是真話，又有哪些是開玩笑……

「……你聽我說。」

春珂似乎從我的表情察覺到我內心混亂的程度。

她迅速換上溫和平靜的口氣。

「確實……我在早上班會時的表現看起來很像是那麼一回事。事實上，我會邀請你擔任執行委員，也是因為懷有這樣的期待，這點我不否認。」

春珂先是誠實地這麼說。

可是，她接著又筆直地注視著我——

「不過，我是真心覺得跟二年四班的大家在一起的這段時間非常快樂……」

「妳真的這麼想？」

「嗯，因為我這一年真的……過得非常開心。這當然是你、秋玻、伊津佳、修司同學、細野同學和時子的功勞……但重點並非只有這樣。每天都待在同一間教室，跟我度過同樣時間的『二年四班』這個班級，對我來說也很重要。」

然後——春珂轉頭看了過來。

她再次對我露出有些悲傷的笑容。

「所以——我無論如何都想留下跟大家在一起的回憶。」

「……原來如此。」

……啊啊，這是她的真心話。

我清楚地這麼認為。

這是有些愛捉弄人的春珂毫無虛假的真心話——

「因為我們真的已經很久沒有一整年都正常上學了」。

春珂的口氣逐漸變柔和，繼續說下去。

「不對，自從我誕生以後，這可能是頭一次吧……所以，這個二年四班對我們來說果然很特別……

「……是嗎？說得也是。」

——我總算有辦法相信她所說的話了。

春珂做這件事不只是為了跟我一起行動，而是因為真心重視二年四班。

因為跟同學們相處的這段時間非常快樂，她才想辦惜別會——

「嗯……所以……我的動機應該有三成是為了留下回憶，另外七成是為了跟你在一起吧……」

「……！」

「不對，留下回憶應該只有兩成，你占了八成……」

「……！」

「……開玩笑的啦〜〜」

看到我嚇到的樣子，春珂露出惡作劇的笑容。

然後——她更用力地抱住我的手。

真是的……她到底是怎麼回事？

春珂是這樣的女生嗎？她有這麼喜歡捉弄人嗎……

……感到傻眼的同時，我的心臟猛烈跳動。

不但臉頰發燙，體內還有一種蠢蠢欲動的感覺——

這種感覺就好像……

我喜歡上了眼前這位女孩——

然後——事情就在這一瞬間發生了。

原本笑容滿面的春珂——突然睜大眼睛。

眼神流露出焦躁的神情。

不但如此——

「糟糕！對調的時間到——」

——春珂只說到這裡便停下腳步，無力地垂下頭。

「……咦？喂！」

事情來得太過突然，我也趕緊跟著停下腳步。

然後——她發呆了幾秒。

接著緩緩抬起頭……

「……嗯？這裡是……？」

她露出比剛才沉穩的表情，用睡意未消的聲音這麼說。

——人格對調了。

從春珂變成秋玻了——

她稍微環視周圍。

「……校外？我們已經開完會了嗎……」

「嗯……因為春珂說想在校外開會，我們正準備前往咖啡廳……然後妳們就突然在路上對調了……」

「……原來是這樣。對不起，我和春珂都還不習慣現在的對調時間……」

然後——秋玻吐了口氣。

重新看向我這邊——

「……！」

——她發現自己正使勁抱住我的手臂。

「咦？喂……這、這是？」

秋玻滿臉通紅，怯怯地這麼問我。

「為、為什麼我們會貼得這麼緊……！」

「呃、不，這好像是春珂的策略！」

看到秋玻陷入混亂的樣子，我也跟著慌張起來。

「她說要讓我喜歡上她，就突然抱了過來……」

「在……在這麼多人面前，你們還這樣貼在一起？」

……經她這麼一說，我才發現這樣確實很令人難為情。

雖然從教育旅行回來以後，在那段我同樣重視她們兩人的時期，我們做過更多親密接觸，但基本上都是躲在沒人看到的地方進行。

我們從未在眾目睽睽之下做出這種大膽的行為。

「既、既然妳不喜歡……」

雖然已經太遲了，我還是將目光移向被她抱住的手臂。

「那我們……就先分開吧……」

我向她解釋情況，同時也有不少路人看了過來，以為我們是正在吵架的情侶。而且路上還能看到同樣穿著宮前高中制服的年輕人……如果她對此這麼在意，我們還是趕快裝成普通朋友比較好吧。

然而——

「……」

秋玻突然陷入沉默。

她垂下目光，咬著下唇，注視著我的手臂。

然後——

「這、這次……」

她用莫名強硬的口氣這麼說——

「我想要保持這樣……」

「咦咦……？」

這樣好嗎……

妳不是覺得很害羞嗎……

可是，事到如今我也說不出這種話了。

我們看著彼此點了點頭後，尷尬地走向咖啡廳。

＊

「——雖然我來參加討論……」

我們來到店裡坐下，點了兩杯咖啡，稍微休息了一下。

秋玻一邊把砂糖倒進杯子裡一邊開口說道：

「但其實我很擔心自己能不能提出有用的意見……因為我和春珂都不曾參加這種班級聚會……」

——這是有別於剛才那些對話的嚴肅話題。

我對她轉換心情的速度之快感到驚訝……但仔細一看就會發現，她的臉頰還有些泛紅。

說不定她是想盡快擺脫這種令人難為情的氣氛。

哎……我也想快點忘記殘留在手臂上的感觸，決定開始討論正事。

更何況——

「是嗎？我想也是……」

原來她不曾參加班級聚會……

春珂在秋玻心中誕生，好像是她就讀國小中年級時的事情。

班級聚會通常都是國中以後才會舉辦的活動，一直待在醫院裡的她們沒有那種經驗也是理所當然。

我反倒覺得……就是因為這樣，春珂才會對那種活動懷有憧憬。

「妳放心，我對這種事很有經驗。」

我喝了一口黑咖啡，給了秋玻一個笑容。

「雖然我在國中時代不常參加，但高一……都在扮演外向的學生，一直有在積極參加這類活動。」

班上舉辦的文化祭慶功宴自不待言，每當稍微有交情的同學邀我去卡拉ＯＫ或餐廳聚會時，我都會盡可能參加。

雖然這在當時讓我相當難過，也曾讓我有罪惡感……但沒想到這些知識也有派上用場的一天，人生還真是難以預料。

「……我明白了，謝謝你。」

聽到我這麼說，秋玻輕聲笑了出來。

「那我今天就放心把一切託付給你了。」

「嗯，放心交給我吧。」

點點頭後，我們立刻開始討論惜別會的具體事項。

「──第一個要解決的問題是會場。假設二年四班的所有人都來參加，那就是四十個人左右。」

「——有可以容納這麼多人的場地嗎……？」

「——如果要在這附近舉辦，我們可以選擇家庭餐廳或是卡拉OK的大型包廂。」

「——那參加費要怎麼辦？我們要先收嗎？」

「——我覺得要。這種時期應該會有提供給我們這些學生的優惠方案……」

「——那最後的問題就是舉辦日期了。」

「——這點要看運氣了。有一種用來安排日期的網路服務，我們能拿來利用……」

——我們討論了一個小時左右，整個活動的雛形就浮現出來了。

以開始進行籌備的第一天來說，這樣的成果應該足夠了吧。

再來只要持續跟班上保持溝通，慢慢決定具體計畫就行了。

「……呼～～真是太好了。」

秋玻鬆了口氣，整個人往後躺在椅背上。

她先跟春珂對調一次，又重新對調出來，已經快要二十分鐘。

不久後應該又會輪到春珂出現。

「雖然說要擔任執行委員，但我其實對此感到相當不安。不過，嗯……我覺得今天已經能看到整個活動的大致樣貌了。矢野同學，謝謝你的幫忙。」

「別客氣，小事一樁。」

而且真正的難題還在後面。

因為今天只是大致決定方向，明天以後才會展開具體行動。

天曉得能不能順利進行……

正當我想著這種事情時——秋玻不知為何露出沉思的表情。

然後，她開始環視周圍……又看向我手裡的咖啡杯，接著視線就一直緊盯著咖啡杯了。

「……嗯？怎麼了？」

難不成她想嚐嚐這杯咖啡？

可是，我記得秋玻應該也點了同樣的咖啡。到底是怎麼回事……

我感到一頭霧水。

「……我很快就要跟春珂對調了。」

秋玻皺起眉頭，用低沉的聲音這麼說。

「總覺得……我好像猜到她接下來會怎麼做了。」

「……會怎麼做？」

「嗯。」

秋玻一臉嚴肅地點點頭。

「我猜她肯定……又會想跟你做些親密接觸。畢竟我們已經討論得差不多了，再來就只有回家而已……她一定會想做些能讓你心動的事情。」

「啊，嗯……的確或許是這樣。」

「而且她剛才做出那種事後就跟我對調了，我猜她這次應該會做出能立刻結束的親密舉動……那就是……」

說完，秋玻指向我的咖啡杯。

「……這個嗎？」

「嗯，她可能會拿走你的杯子，想跟你間接接吻……」

「啊，啊啊～～……」

我也這麼覺得。

總覺得她很有可能這麼做。

不過，我跟春珂已經做過更親密的舉動了，老實說這種程度的事還不至於讓我太過動搖。

可是……我覺得她很有可能會給我來一記輕輕的刺拳……

「所以……」

說完，秋玻拿起自己的杯子——跟我的杯子對調。

「只要這麼做就沒問題……！」

秋玻露出表示「放心了！」的得意洋洋的表情。

嗯……這樣確實可以讓我避開春珂的攻勢……但只是為了阻止我和春珂間接接吻，真的有必要做到這種地步嗎？這應該不是什麼大問題吧……？

然後，事情就是發生得這麼剛好。

「……啊，好像又要對調了。」

秋玻不知為何露出準備上戰場的表情，小聲說出這句話。

「矢野同學，我先走一步了。之後要告訴我春珂做了什麼喔。」

「喔，嗯……我知道了。」

我點點頭後，秋玻也低下頭。

她的臉孔被瀏海遮住——就這樣過了幾秒。

春珂猛然抬起頭。

然後——

「……怎麼樣？你們討論好了嗎？」

「嗯……大致都討論好了。」

我假裝剛才那些對話不曾發生，如此回答春珂。

「這樣啊～那就好！現在已經很晚了，我們把飲料喝完就出去吧。」

「嗯，就這麼辦。」

我點點頭，春珂就看向自己手邊的咖啡杯。

秋玻已經掉包過了——其實那是我剛才用過的杯子。

然後……如我所料——

春珂露出賊笑，往我這邊看過來，讓我對自己的預測準度感到訝異。

「……我想到一個好主意了～」

「妳……妳想做什麼……」

「矢野同學！我們來交換杯子吧～！」

春珂雀躍地說完這句話——迅速拿走我的杯子，換成她手邊的杯子。

結果就是把兩個杯子放回原位。

我的咖啡杯回到我手邊，春珂自己的咖啡杯也回到她手邊。

可是——春珂完全不曉得這件事。

她露出志得意滿的笑容。

「呵呵呵～這樣就算是間接接吻了～人家會害羞呢～！」

然後一邊這麼說一邊準備把杯子放到嘴邊。

看著這一幕——我嚇傻了。

呃……照理來說，有可能猜得這麼準嗎……

不過，秋玻也算是春珂本人，她們又是一直在一起的雙重人格，或許有辦法看穿對方的心思吧……

就算這樣，秋玻能完全看穿春珂的想法還是讓我驚訝得說不出話。

然後，春珂對我的反應好像有些誤會。

「……呵呵呵，沒必要那麼驚訝吧～」

她一副很開心的樣子。

「反正又不是直接親嘴，只是間接接吻應該沒關係吧……」

「呃，嗯……我是無所謂啦……」

「奇怪？你怎麼變得這麼乾脆……？……算了，那我就不客氣了～～！」

說完，春珂把嘴巴貼近杯子。

她露出非常開心的表情——但那其實是秋玻剛才用的杯子，根本算不上什麼間接接吻。

看來這次是秋玻的戰略獲勝了。可是，就為了跟我間接接吻這種小事，應該沒必要那麼費盡心機吧……

春珂的嘴唇就快要碰到杯子。

「……啊！」

就在這時，她突然叫了出來。

然後默默看著手上的杯子好一會兒。

「對了，矢野同學……我記得你每次都是喝黑咖啡對吧？」

她問了這個問題。

「嗯？是啊，我基本上都是喝黑咖啡……」

雖然不是每次，應該十次有九次都是喝黑咖啡。

事實上，我在這間店點的也是沒加糖的黑咖啡。

「啊～～果然是這樣啊～～……也就是說，這杯咖啡沒加糖是嗎～～……」

說完，春珂一臉遺憾地放下杯子。

然後——

「我只喝有加糖的咖啡，所以每次都會拜託秋玻也加糖……」

我還來不及阻止，她就邊說邊把杯子換了回來。

「我還是喝自己的咖啡就好，間接接吻等下次有機會……」

說完——春珂拿起換回來的杯子。

然後把秋玻掉包過，其實屬於我的杯子放到嘴邊——

「——春、春珂！那是黑咖——」

「——！」

——我來不及阻止。

雖然我趕緊出聲制止——春珂的嘴唇已經碰到杯子。

喝進嘴裡的液體讓她睜大雙眼——

然後——

「——嗯～～！」

春珂迅速拿開杯子，嚇傻了眼。

「好、好苦，這是什麼……！……黑咖啡嗎！裡面完全沒加糖對吧！」

她試著從各種角度確認杯裡的咖啡，同時說出這樣的話。

「難不成秋玻沒加糖！……呃，可是，我剛才喝的時候還很甜啊……為什麼現在會這樣……？」

……沒想到事情會變成這樣。

這個結果遠遠超出我的預料……

連秋玻都料想不到會是這種結果也是理所當然……
「……春珂，其實……」
我一邊搔著臉頰一邊向春珂說明。
包括秋玻猜到她會想跟我「間接接吻」，還有把咖啡掉包的事。
以及——春珂現在手邊那杯咖啡才是我的咖啡。
「原、原來是這樣啊……」
苦味似乎還殘留在她嘴裡。
春珂皺著一張臉，不斷喝著冰開水。
「難怪那杯咖啡這麼苦……話說回來，秋玻也真是厲害，竟然能精準預測到我的行動……不愧是跟我共用同一具身體的人……」
「我也這麼覺得。看到妳把兩杯咖啡換過來的時候，我也嚇到了。」
「……咦？可是——」
——就在這時，春珂露出恍然大悟的表情。
「也就是說……我手邊這杯黑咖啡……」
她轉頭看過來，疑惑地微微歪頭。
「……是你的嗎？」

「……嗯，就是這麼回事。」

不知為何，事情最後還是變成這樣了。

既然春珂不小心喝到那麼苦的咖啡，這對她來說應該不能算是正負相抵，而是損失比較大……

我是這麼認為……

「……呵呵呵……」

春珂用手背擦了擦嘴，露出得意的笑容。

然後——

「秋玻——妳這就叫聰明反被聰明誤！多虧妳的幫忙，我付出了巨大的犧牲！間接接吻成功！」

「有必要做到這種地步嗎！」

看到春珂露出勝利的笑容——我想也不想就如此吐槽。

*

——「惜別會」的第一場籌備會議之後過了十天左右。

從那天以後，我們每天都踏實地做著準備工作。

從早到晚，不是忙著進行調整與聯絡，就是開會討論。

仔細想想，好像從文化祭活動的籌備工作結束後，我就不曾這麼忙碌了……

而現在的時間已經超過晚上十點。

我躺在自己房間的床上望著日光燈，跟秋玻一起確認目前為止的成果，並且調整今後的行程表。

「也就是說……明天總算要去店裡踩點了吧。」

『是啊，幸好前面的準備工作一直進行得很順利。』

秋玻的聲音從手機喇叭傳出。

在耳邊響起的說話聲聽了很舒服，令人心癢癢，使得我在說話的同時自然地放鬆嘴角。

「就是說啊。參加者和活動日期都能順利搞定，實在是太好了。」

『以一般情況來說，這個部分是不是比較容易遇到困難？』

「嗯，通常都是這兩個問題其中之一導致整個活動辦不成。畢竟如果是舉辦班級聚會，參加人數也會非常多。」

我邊說邊看向窗外。

在清澈的冬季空氣另一邊，半個月亮時而躲進雲後，時而探出頭來，綻放出金色的光芒。

我茫然望著這樣的夜景，同時想著如果從秋玻的房間也能看到同樣的景象就好了。

『太好了……因為我是第一次做這種事，一直很擔心會把活動辦得一團亂。』

「妳放心，那種事基本上很少發生。而且這次大家都很配合，應該不會出現太大的問題。」

『是啊。大家真的幫了我很大的忙……』

——事情真的比我想的還要順利。

首先是參加者的部分。

為了順便確認班上同學的參加意願，我讓大家都能連上用來調整日程的網路服務。拜託希望參加活動的人在上面輸入自己有空的日期。

結果——班上四十一位同學全都表示希望參加。

我原本還以為應該會有幾個人不願意，這個失算實在令人開心。

只是，日程方面果然沒那麼容易就敲定。

因為找不到每個人都有空的日子，我便直接去找大家協商。

先盡量選擇不方便參加的人較少的日子，然後拜託那些沒空的人把時間空下來。

結果——我成功讓那些人把時間空下來，把活動日期定在三月最後的週末。

「至於時間……嗯，應該不會有比這更合適的日子了吧。」

『就是結業典禮結束之後，剛開始放春假的時候對吧？』

「對，這應該是最適合舉辦惜別會的時間點了。」

『是啊。再來就是……希望我和春珂找到的店家沒問題。』

在我忙著調整活動日期的同時，秋玻和春珂則忙著在西荻這一帶找尋適合讓高中生聚會的店。

目前的候選地點有站前卡拉ＯＫ的大型包廂，還有高架橋底下的家庭餐廳交誼廳。

我們前些日子也討論過這個問題，高中生還是比較適合去這些地方。

因此——我們明天就要實際到這兩間店踩點，決定要實際選用的活動會場。

……還有一件事。

在這十天的籌備期間，秋玻與春珂一直毫不掩飾地向我發動攻勢。

不管走到哪裡都要跟我黏在一起，一旦兩人獨處就會問我：「你心動了嗎？」或「我到底該怎麼做，你才會喜歡上我？」

不用說也知道，我當然被她們弄得心裡小鹿亂撞，肯定喜歡上了她們其中之一。

要是繼續承受這樣的攻勢，我也只能勉強壓抑快要爆發的情感。

……她們明天肯定又會對我做出什麼事情。
我只希望至少可以順利完成踩點工作，不會被她們打亂步調。
我一邊想著這種事一邊嘆了口氣。
『然後，關於場地使用時間這部分，我已經跟店家商量過了……』
——秋玻的話只說了一半。
然後聲音就突然變小。
「……嗯？秋玻？怎麼了？喂～～……」
我試著呼喚，但她沒有回應。
……發生什麼事了？
難不成她們兩個又突然對調了嗎？
我有些擔心，側耳傾聽手機發出的聲音。
『……等、等一下啦！我正在講電話！』
我聽到秋玻在離手機有段距離的地方焦急地喊叫。
『等一下再說啦……！……抱、抱歉，矢野同學！我父親突然跑來跟我說話……』
「啊，噢……原來是這樣啊。」
她重新回到手機旁邊這麼說。我在房間裡表示理解。

原來……是因為她父親。

之前到她家拜訪的時候，我在相簿上看到那位像是山男的強壯男子。

原來剛才就是他在跟秋玻說話……

「沒關係，妳不用在意。如果他有話要說，妳就先聽他說吧……」

我忍不住笑了出來，並且如此回答。

同時，秋玻的父親似乎還在跟她說話。

『咦，什麼……？我晚點就會去洗澡了啦！……不、不是啦！他不是我男朋友！……咦……？我也有很多事要忙啊！……你先不要跟我說話啦！』

——我再次大聲噴笑出來。

秋玻平時總是一副凜然的樣子，給人成熟的感覺。

原來她在家裡也只是個普通的少女……

雖然這是理所當然的事，我還是頭一次實際體認到這點。

然後，她終於結束跟父親之間的對話。

『……我父親總算走了。』

秋玻語帶不滿地這麼說。

『這種時候跑來搗亂，好過分……』

「別生氣，妳父親應該也沒有惡意。」

因為很少聽到她這麼生氣，讓我忍不住替她父親說話。

「妳不需要那麼生氣。有個像妳這種年紀的女兒，他會擔心也很正常。」

——可是，秋玻似乎不是只有對這件事感到不滿。

『……你笑了。』

「……咦？」

『矢野同學……聽到我父親跟我說的那些話，你有偷笑對吧……』

……

……

……糟糕！

被秋玻聽到我在偷笑了嗎！

『好過分……人家覺得很難為情，你卻……』

「……妳、妳誤會了！」

——她憤怒的矛頭突然指向我。

我趕緊向電話另一頭的秋玻解釋——

＊

「——就是這間房間。」

通過電話的隔天。

我們先來到家庭餐廳，準備看看店裡的半包廂交誼廳。

我和春珂在店員的帶領下走了進來。

「哦……感覺不錯耶！」

「嗯，這樣應該所有人都坐得下。」

我們一邊交換感想一邊環視周圍。

我是頭一次來到這裡，這間交誼廳意外地寬廣。

應該差不多有一間教室那麼大吧。在這個用牆壁、玻璃與餐廳大廳隔開的空間裡，擺著六張長桌，長桌周圍則擺著沙發。

這個地方應該能讓全班同學盡情玩樂……嗯，而且聽不太到外面大廳的聲音，隔音效果也很不錯。雖然我們應該不會大吵大鬧，但不會給其他客人添麻煩當然是最好。

「還有就是，這是我們的價目表。」

年輕的店員把價目表遞給我們。

這裡的預設用途似乎是公司的聚會會場，價目表上主要都是付有酒精飲料的選項，也有幾種提供給高中生和大學生的選項。

「那就請兩位慢慢看……」

說完——店員就回到大廳了。

這個寬廣的空間裡只剩下春珂和我兩個人……很好，這樣我們就能在這裡誠實討論彼此的感想了。

「首先，我覺得這裡在空間上並沒有問題。」

我一邊在桌子之間走動一邊對春珂這麼說。

「桌子也夠大，感覺可以讓很多人坐在一起聊天……這樣大家就有機會跟過去不曾交談的人聊天了。」

我試著想像全班同學都來到這裡的光景。

大家都能並肩坐在沙發上聊天……

……嗯，感覺不錯。

我有預感大家一定會玩得很開心。

關於食物的部分，我平常就有來這裡用餐，所以不成問題。

店家應該有辦法提供美味的家庭料理。

只是——

「……問題果然是價格與時間。」

「是啊……」

每位參加者要付的費用有些超出我們的預算。

哎，雖然只要說明，大家應該都會接受，但我認為這樣有點不好，因為這種事很容易讓人覺得掃興……

再來就是——使用時間只有兩小時這個限制。

畢竟這裡是很受歡迎的連鎖餐廳，這也是沒辦法的事，但整場惜別會只有兩個小時實在有點短。我們在一年級時也辦過班級聚會，大家都玩得很瘋，須藤當時還不知為何只喝汽水就醉了，有將近五個小時都在發酒瘋。

我覺得那種悲劇應該不會重演……但時間充裕仍然是件好事。

「……嗯，不過我們大致明白這間店的狀況了。」

我從價目表上移開視線，抬頭看向春珂。

「我們先去看看另一間店，比較這兩間店的條件，如果實在找不到平衡點，就跟店家商量看能不能請對方調整一下吧。雖然應該會遇到一些無法通融的事情，如果談得順利，通常可以解決問題。」

「……這樣啊，嗯，好吧！既然如此……我們就拜託修司同學跟店家交涉吧。」

「我贊成。那傢伙看起來就很擅長做這種事。」

他看起來就是那種會面帶笑容提出不合理要求的人，而且感覺店家也會輕易被他欺騙，同意他提出的條件。

要是連這招都行不通，只要拜託古暮同學出馬，她應該就會運用經過千錘百鍊的商業手腕替大家贏得不錯的條件。

「好，那這間店應該不需要看了。接下來——」

「——啊，等、等一下！」

春珂突然叫住邁出腳步的我。

「嗯？怎麼了？還有什麼需要查看的地方嗎？」

我覺得需要檢查的地方大致都看完了，難不成還有什麼地方遺漏了嗎？

……該不會是洗手間吧？

對女孩子來說，那應該是選擇聚會地點的重點……

我忙著思考這些問題。

「……關於能做和不能做的事，我有些疑問。」

「嗯。」

「矢野同學……」

就在這時，春珂探頭看向我的臉。

「我們……現在可以做到什麼地步？」

「……咦？什麼地步？」

突然冒出來的這句話，讓我一時之間無法理解。

「妳這話是什麼意思？」

「嗯嗯……就是我們……不是已經做過很多那種事了嗎？」

春珂有些難以啟齒地這麼說。

可是，她又露出有些魅惑的笑容繼續說下去。

「那個，我們曾經接吻，也曾經擁抱……你還摸過我的胸部……」

「啊，嗯……」

原來她是在說這件事……話題突然扯太遠了吧……

不過，春珂並沒有說錯。在我決定同樣珍惜她們兩個的那段期間，我們做了不少相當逾矩的行為。

可是……

「可是，妳為什麼要提起這件事？應該說，那種事在這種地方說……」

「即使如此，這是很重要的事情！」

春珂握緊拳頭如此主張。

「雖然我們已經做過那些事情……但我不知道現在可以做到哪種地步。如果接吻沒問題，那我每天都想跟你接吻……如果要做更進一步的事，我也……」

然後——春珂探頭看向我的臉。

她露出夾雜著期待與不安的表情如此問道：

「你覺得呢……？」

——聽到她這麼問，我深深嘆了口氣。

被一個女孩子這麼問——而且對方還是春珂，我實在無法不受動搖。

心跳猛然加速，臉頰也開始發燙。

然而——我心中早就有答案了。

所以，我想盡量說得簡單明瞭。

我明白地告訴她——

「——呃，全都不行……」

「……咦咦咦咦咦咦咦咦咦咦咦咦咦咦咦咦咦咦咦！」

——春珂大聲叫了出來。

那是發自內心感到驚訝的叫聲，一點都不像是她會發出的聲音。

春珂往我這邊探出身體，機關槍似的問個不停。

「全、全部？意思是連接吻和肢體接觸都不行嗎！」

「嗯、嗯……」

「只是擁抱應該沒關係吧！那種事連普通朋友也會做啊……」

「不，擁抱也不行……」

「不會吧……！那不就只能牽手跟身體接觸了嗎！」

「不，我反倒覺得那些事也不行……」

「……」

春珂失望地垂下頭。

眼神變得黯淡無光，身體完全失去力量。

「為、為什麼……」

然後，她用嘶啞的聲音小聲問我。

「為什麼你要……突然吊人家胃口……」

「吊……吊妳胃口……」

我沒想到她會這麼說。

我不覺得自己的身體有那種價值……

「應該說，這樣才正常吧？因為我們並沒有在交往……雖然之前因為某些緣故，讓我們變成那種關係，既然我們現在已經不是那種關係，就應該恢復成普通同學的相處模式……」

「……我知道照道理來說可能是這樣沒錯！」

春珂猛然抬起頭，激動地向我抗議。

「我在情感上就是無法忍受！我想秋玻肯定也是這麼想的！」

「就、就算妳這麼說……我就是覺得這樣不好。」

「什麼！原來你也沒有明確的理由嗎！」

春珂露出難以置信的表情——往我這邊踏出一步。

「矢野同學，難道你只是因為那種隨便的理由就不願接受我們兩個的心意嗎？」

「這……這才不是什麼隨便的理由！我只是希望妳們也能愛惜自己……」

「是是是！反正只用嘴巴說說，不管你要怎麼說都行！」

「不，我是真心這麼認為！」

「……哼！算了！」

就在這時，春珂往後退了一步，生氣地交抱雙臂。

「我馬上就要跟秋玻對調了……老實說，我現在非常激動！我想秋玻肯定也會發現異狀！」

「是……是這樣嗎……」

的確，她不但滿臉通紅，頭髮也有些凌亂，就連呼吸都很急促。

秋玻肯定馬上就會發現自己的身體剛才出了些狀況。

「一旦她發現了——一定也不會接受這種事情！我猜她會跟我站在同一陣線！聽完她的意見，我希望你能重新考慮清楚！」

——春珂最後說出這些話。

然後她稍微低下頭——跟秋玻對調了。

「……咦？發生什麼事了？」

如我所料，她似乎發現自己身體的變化了。

秋玻摸了摸自己的臉頰與頭髮。

「你跟春珂……吵架了嗎？」

「不，事情不是妳想的那樣……」

我深深嘆了口氣，對春珂的精準預料感到佩服。

逼不得已，我只好開始向秋玻說明事情的經過——

＊

「——哦～～原來如此。」

——令人意外的是，秋玻的反應就只有這樣。

「我不能接受！」——

「告訴我理由！」——

她完全沒有問我這些問題，就這樣不再追究。

……不過，這也是可以理解的事情。

在跟秋玻一起前往下一間店的同時——我一直在思考。

在戀愛這方面，秋玻比春珂還要認真對待。

因為她有時候也能理解我的想法……也應該不是那種會積極尋求親密接觸的女生。

雖然春珂會想跟我做各種事情……但秋玻就不會那麼做。

我覺得原因就只有這樣……

在我邊走邊思考的過程中，春珂又出現了一次（順帶一提，她被秋玻的反應嚇到，還說：「她肯定也覺得不滿……」），然後我們就抵達卡拉ＯＫ店。

我跟再次現身的秋玻一起走進店裡，參觀店裡唯一一間用來開派對的大型包廂。

「嗯嗯，這裡看起來也不錯……」

「是啊。隔音效果似乎也很好……應該可以玩得很盡興吧。」

在掃視整間包廂的同時，我跟秋玻都贊同對方的感想。

這間包廂跟教室差不多大，內部裝潢偏向黑色系。

裡面現在放著店裡的備品和擺在店外的旗幟等雜物，但當天好像會替我們拿到其他地方。

順帶一提，這裡當然可以唱卡拉ＯＫ，燈光也很有氣氛。

我在高一的時候，曾經在這種包廂舉辦班級聚會，當時大家也玩得非常開心（雖然我只是假裝很開心）。

此外，這間店沒有限制時間，而是每一小時就得追加費用。

比起把重點擺在用餐的家庭餐廳，這裡應該更有舉辦派對的氣氛……那些喜歡熱鬧的同學肯定會覺得這裡比較好，像是古暮同學那夥人。

只不過，還是有些地方讓我很在意——

「因為一張桌子只能坐五個人，大家可能只會跟自己所屬的小團體坐在一起……而且餐點也只有一些輕食，這些都是問題。」

「是啊。還有就是，如果在這裡待太久……費用可能會有些超出預算。」

這點確實也很尷尬。

如果只有三個小時左右，還勉強不會超出預算。

一旦超過三個小時，就會大幅超出預算。

我該怎麼解決……這些問題？又該做出什麼樣的判斷？

反正我並不打算今天做出決定，還是先跟班上同學商量後再決定吧……

「……好，話雖如此，這樣就算踩點完畢了。」

嗯，今天的任務可說是完成了。

我們已經完全掌握這兩個會場候選地點的氛圍與條件。

這兩個地方都各有優缺點……再來就是要透過這些條件來做出選擇了吧。

「……那我們走吧。」

我拿起擺在桌上的書包往肩膀上一揹，接著詢問秋玻的意見。

「妳要直接回家嗎？還是順便找間咖啡廳坐坐？」

現在就回家可能有點早。

我覺得應該有時間去喝杯茶……才提出這樣的意見。

「……秋玻？」

可是，秋玻不知為何站在原地一動也不動。

「怎、怎麼了？難道……妳身體不舒服嗎？」

「……不是這樣的。」

秋玻用幾乎聽不見的聲音這麼說。

「不是身體不舒服……那妳是怎麼了？」

「……我只是覺得很奇怪。」

「……很奇怪？」

聽到我這麼問——秋玻抬起頭來。

而且表情看起來很嚴肅。

然後，她用彷彿在學生會上提出議題的口氣對我提出質疑——

「就是——我們不能跟你做任何親密舉動這件事。我覺得不能接吻也不能擁抱實在很沒道理。」

「咦，呃……」

我還以為這個話題已經結束。

可是，想不到她居然會重新提起……還說這樣很沒道理……

……有一點我不希望她們誤會，那就是我也不是不想做。

我反倒很想做那些事情。

可以說我想做得不得了。

我只是單純覺得那麼做不好罷了。

在還沒開始交往的時候就做那些事情，我覺得不是好事……

所以，我才會努力壓抑自己的情感，狠下心來拒絕她們的要求。

可是——

「我反倒認為——我們應該做那些事情。」

秋玻——表情非常嚴肅。

她條理分明地開始分析，像在做簡報一樣。

「矢野同學，你想確認自己到底喜歡誰對吧？你不是想搞清楚自己喜歡的人是我還是春珂嗎？」

「嗯……確實如此。」

「在你需要確認自己心意的時候，如果只把我們當成普通朋友相處，有辦法搞懂自己真正的心意嗎？就算可以搞懂，你有辦法保證自己做出的判斷正確嗎？」
「這……這可難說……我一直提醒自己要盡量做出正確的判斷……」
「這樣的話，你不就不該猶豫嗎？難道你不該多跟我們做親密接觸，透過擁抱、接吻……甚至是更進一步的行為，根據做這些事的心情來盡量做出正確的判斷嗎？」
「呃，這個……」
想不到她會搬出這些大道理，藉此要求我跟她們做那些事情……
我現在到底該怎麼拒絕？
我開始覺得她說的好像有道理了……
做那些事或許也是一種辦法。
試著跟她們做各種親密行為，也許能讓我更容易搞懂自己的心意……
我的想法開始動搖了。
「……我確實也能理解你的想法。」
就在這時，秋玻突然露出笑容。
然後朝我走近一步。
「畢竟我們在形式上只是普通朋友，不是男女朋友。之前那段期間發生的事情，只是因為情況比較特殊……既然現在情況不一樣了，要是我們還繼續做那些事情，你當然會感到抗拒。」

「……嗯，妳說對了。」

秋玻幾乎說出了我的心聲，讓我忍不住深深點了點頭。

「你不是不想做，只是覺得不該那麼做。因為你不想讓那種事變得廉價，希望那種事對我們有重要的意義……」

「嗯嗯，就是這個原因……」

說完，秋玻溫柔地點點頭。

然後露出和善的笑容，再次往我這裡踏出一步。

「可是……就是因為這樣，我才會覺得我們應該做那些事情。」

「……就是因為這樣？」

「對。正因為想讓那些事變得寶貴，有特別的意義……現在的我們才更應該多做些親密行為……」

「……這又是為什麼？」

我有些……聽不懂她的意思。

因為想讓那些事有特別的意義才更應該去做？這是什麼道理？

「其實這並不難懂。」

秋玻似乎看穿我的想法，再次笑了出來。

當我回過神時——我們之間的距離已經變得很近了。

「我試著想了一下，做那種事最令人感到開心的時期到底是什麼時候。與其說是最令人感到開心……也能說是最具特別意義的時期。跟自己的戀人或伴侶做那種事，最具有特別意義的時期，到底是什麼時候……當然，大家都希望那種事永遠有著特別意義，不管是長大成人以後，還是結婚以後，或是變成老爺爺老奶奶以後。可是，實際上並非如此。也許是因為習慣成自然，那種事會慢慢變成日常生活的一部分……」

「這個嘛……確實是這樣。」

就理想論來說，那當然是「永遠都很特別」。

可是，在現實中並非如此。

既然這樣——最具特別意義，最令人開心的時期是什麼時候？

「——是交往前後那段時間。」

秋玻——如此斷言。

「不對，應該說……快交往前的那段時間最特別最開心。」

「咦？是、是這樣嗎……？」

聽到她的回答，我忍不住感到疑惑。

快交往前的那段時間？真的嗎？

「為什麼妳會這麼認為……？」

「……我說交往前後那段時間最特別，你應該也能理解吧？」

「嗯，這我可以理解……」

「因為在那之後，那種事就會逐漸變得稀鬆平常。雖然應該還是會讓人感到幸福，卻會變得不再特別……」

「或許是這樣……」

「那我們就來比較一下交往前與交往後的差別吧。雖然在交往前就做那種事或許真的不好，但我們現在先不去管這個問題。」

「喔、喔……」

我覺得這個問題不能不管，但還是決定先接受這個前提。

「在兩人剛交往的那段時期做那種事情，理所當然非常幸福對吧？因為雙方都喜歡著彼此，會讓人感到開心，也會感到安心，有種充實的感覺……」

「我也有同感……」

「可是，在兩人交往之前就不是這樣了。因為還沒有立下『我們要正式交往』這樣的約定，會懷抱著各種不安的想法，像是『我們真的可以這麼做嗎？』或是『他到底對我有什麼感覺？』或是『他會不會其實不喜歡做這種事？』等等。雖然正式交往後還是會感到不安，但交往前更容易讓人有這些想法。」

「嗯……」

確實是這樣。

事實上，在我跟秋玻開始交往之前，不管做什麼事，內心都充滿著不安。

可是……沒想到秋玻竟然會這麼多話。

這或許是我頭一次見到秋玻發表這樣的長篇大論……

然後——

「可是——就是那種不安……」

——秋玻如此宣言。

「讓一切——都變得特別。」

「……嗯。」

「正因為感到不安，才會繃緊神經；正因為感到不安，才會想深入了解對方的想法；正因為感到不安，才會覺得對方很特別……那種不安才是讓雙方的互動變得無可取代的催化劑……我說的這些都只是一種感覺……你可以理解嗎？」

「……嗯。」

老實說——我能理解她的意思。

事實上，我跟秋玻與春珂做過各種親密行為，也是在內心感到不安的時候才會有強烈的特別感。

雖然在交往後做那些事也會感到幸福……還是關係不穩定時的親密行為比較令人印象深刻。

「所以……」

秋玻改用做出結論的語氣。

「我們現在——不就是處在這種狀況下嗎？你不明白自己的心意，可是確實對我們懷有好感。」

「嗯……」

「換句話說，現在——正是最能讓我們留下特別回憶的時候。不管是擁抱還是親吻，都會變成具有特別意義的事情。所以——我覺得我們現在更應該去做那些事。」

「……原來如此。」

我好像……可以認同這種說法。

呃，雖然我總覺得自己只是被唬弄了……

那些都是花言巧語，讓我的想法出現了偏差……

可是，我又找不到可以反駁她的話語……

「是嗎？現在應該去做那些事啊……」

那麼……或許我們真的應該去做那些事。

或許我們應該不再猶豫，盡量去做那些情侶會做的事情……

當我回過神時——秋玻已經站在幾乎跟我緊貼在一起的地方。

她的嘴唇近在眼前，散發出嬌媚的光澤，讓我的心臟猛然一跳。

不曉得秋玻有沒有發現這件事。

「嗯嗯，這樣想就對了。」

她露出心滿意足的笑容，點了點頭。

「雖然我很喜歡你那種老實的個性，但你有時候也該暫時打破規矩……」

「我明白了……」

我再次點點頭。

然後清楚地——告訴秋玻。

「從今以後，我會開始去做那些事，跟妳——還有春珂。」

「……咦？」

——秋玻小聲叫了出來。

她睜大雙眼，整個人都愣住了——

然後……

「你也會……跟春珂做嗎？」

她迅速往後退了一步，回到原本站著的地方，向我如此問道。

「……咦？難道不是這樣嗎？按照妳的說法……正因為感到不安，才更應該去做那些事……如果是這樣，春珂也一樣吧？」

我當然會這麼做。

如果秋玻說的那些話有道理，那春珂也符合這樣的條件。

這樣的話，我也該跟她做那些事情。

然而……

「……」

秋玻不知為何陷入沉默。

詭異的沉默籠罩著卡拉ＯＫ的大型包廂。

然後，這股莫名其妙的沉默被打破了——

「……不行。」

「……咦？」

「果然還是不行！」

——秋玻不知為何非常憤慨地說：

「還沒交往就做那種事——果然是不對的！」

「咦，呃……為什麼不行啊！妳剛才明明不是這麼說的……」

「我仔細想了一下，覺得剛才那些話太不合理了！雖然我的說法像是只有在交往前會感到不安，其實兩個人交往之後，也會因為對方的心意持續變化而感到不安，所以反倒是在交往之後，更容易讓人擔憂對方變心不是嗎！」

「啊，嗯……」

「所以，在正式交往之前，還是不應該做那種事情！」

「好、好吧……」

秋玻點點頭後——拿起書包走出包廂。

我跟著離開包廂的同時，一邊嘆氣一邊獨自呢喃——

「她、她剛才到底……是怎麼回事……」

*

「——那剩下的工作就只有向大家報告，然後做出決定了。」

「嗯，是啊。」

——當氣氛尷尬的我們走出卡拉ＯＫ店時，天色已經暗了下來。

我和秋玻在黃昏時分的西荻漫步，一邊討論今後的事情。

「我們先在下次班會時口頭告訴大家，然後用網路服務投票表決吧。我覺得這兩個地方肯定都能讓大家玩得開心，這些感想也應該告訴大家……」

「就這麼辦吧……」

就在這時，秋玻吐了口氣。

「……看來這次的惜別會應該可以順利定下來，真是太好了呢。」

「是啊，簡直就是順利過頭了……」

事實上，我還是頭一次這麼順利地辦好這種活動。

我以前籌備班級聚會的時候，總會在活動日期、場地與參加者方面遇到各種問題，讓主辦者經常在活動舉辦前就累得要死。

籌備過程可以進行得這麼順利實在很難得。

不過，只要多辦幾次這種活動，應該也會遇到這種情況吧。

「……不知道活動當天會是什麼樣子。」

秋玻邊說邊仰望天空，想像活動當天的景象。

「跟大家一起在家庭餐廳或卡拉ＯＫ吃飯……到底是什麼感覺？」

「肯定會是一場開心的聚會，大家都會玩得很盡興。」

我已經有過許多次這種經驗，可以很明確地如此預期。

既沒有失敗的要素，參加者也滿懷期待，所以肯定會是一場開心的聚會。

更何況我們二年四班的感情又特別好——

「……是嗎？希望如此。」

秋玻看了過來，有些悲傷地這麼說。

然後——

「希望會是一場能讓大家覺得特別……也能讓大家永生難忘的聚會……」

她像在自言自語，繼續說了下去。

——一場特別的聚會。

總覺得……秋玻這句話讓人有些在意。

……對秋玻與春珂來說，這場惜別會確實會是一場特別的聚會。

這是她們人生中第一次的班級聚會，對她們來說肯定很特別，具有重要的意義。這點絕對錯不了。

而對班上同學來說——這也會是一場很棒的聚會。

這種說法有點籠統，但是對高中生來說，光是能在校外聚會就是一件令人開心的事情了。

如果又是全班都參加，肯定會是超級重要的活動……

大家一定都覺得二年四班是個很棒的班級，都會想把這場活動變成青春的一頁，留存在記憶角落。

可是……特別——

這兩個字，不知為何讓我感到莫名在意。

我總覺得自己好像遺漏了什麼，又覺得這句話隱藏著她內心深處的情感——

「……啊啊……」

然後——我發現了。

秋玻一臉茫然地仰望天空。

那肯定是正在想著「某人」的表情。

秋玻與春珂——不想被大家遺忘。

她們的未來充滿不確定性。

她們不確定當雙重人格結束時，自己會變成什麼樣子——

所以對她們兩個來說——這場惜別會或許是最後的機會。

這是她們以現在的自己跟二年四班的同學們見面的最後機會——

——我有種強烈的想法。

我絕對要讓這場聚會變得特別。

我想辦一場能夠烙印在所有人心中的難忘聚會。

我想把現在的秋玻與春珂永遠烙印在班上同學的記憶之中——

只是，這樣的話……

「……這樣就夠了嗎？」

我忍不住說出這句話。

「我們是不是該在這場惜別會上多下點工夫……？」

「……你、你這話是什麼意思？」

秋玻一臉狐疑地如此問道。

我向她解釋：

「呃，就是……我在想能不能讓這場惜別會變得更特別一些。雖然現在這樣應該也能玩得很開心……但也只是借個場地，大家一起吃頓飯的普通聚會。」

「啊，這個……確實是這樣。」

秋玻露出有些意外的表情，不停點頭。

「我們沒有這方面的經驗，覺得現在這樣已經很夠了，可是……也對，畢竟大家以前都參加過這種聚會……」

「就是這麼回事。」

「……可是，那……」

秋玻歪過頭。

「具體該怎麼做……？剩下的時間已經不多，應該沒辦法做出太大的變動了吧？」

「妳說得對……」

問題就在這裡。

離惜別會當天還有兩個星期左右。

如果要從現在開始重新規劃，實在有些困難。

「難道就不能想點辦法嗎……」

我們兩個邊走邊想。

可是，我們當然沒辦法馬上想到好主意，只能默默地走路。

就在這時——

「啊，有人打給我……」

口袋裡的智慧型手機震動。

我拿出手機一看——發現是室內電話的號碼。

看起來是東京都內打來的，會是誰呢……

我用眼神向秋玻道歉，然後按下通話鈕，把手機拿到耳邊。

「……喂？」

我怯怯地這麼問——

『——啊～～喂～～？』

從電話另一頭傳來耳熟的男性的聲音。

『請問是矢野同學對吧？』

「是的，我就是……」

我如此回答——電話那頭的人……

直接報上我意料之中的名字。

『你好，好久不見！我是町田出版社的野野村九十九！』

「included in your life」

第三十一章

Chapter.31

Bizarre Love Triangle

三角的距離無限趨近零

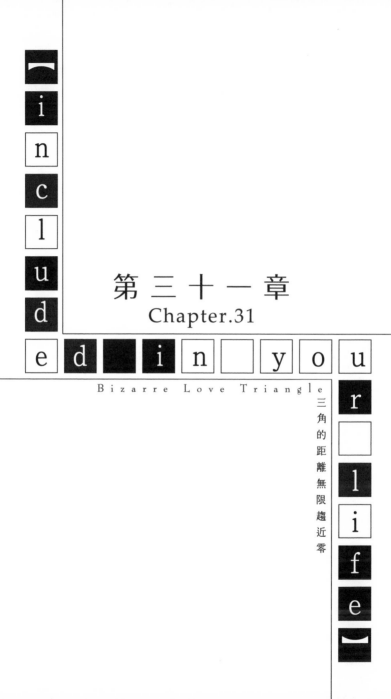

「——好、好好吃……！」

上次踩點後過了幾天。

我們在晚餐時間來到日本料理店——

我把店家端出來的第一道菜，也就是一盤「看起來很高級的豆腐」放進嘴裡後，很自然地發出讚嘆。

「這個……真的是豆腐嗎！滋味好濃郁……」

跟我平常吃的豆腐有著天壤之別。

口感滑順，還有明顯的鮮甜滋味以及直衝鼻腔的香味，而且吃起來很黏滑，口感新奇……

這……改變了我對豆腐的認知……

我過去對豆腐抱有的觀感徹底改變了……！

我身旁的春珂似乎也有同樣的感想，她用手摀著嘴巴，睜大了眼睛。

這明明只是第一道菜……卻從一開始就拿出這種好吃的東西。

想不到竟然連這種看起來樸實無華的料理都這麼好吃……！

出版社用來接待客人的餐廳——太厲害了。

「這大概是芝麻的香味吧。」

「好像是。嗯，味道挺不錯的……」

連坐在對面的兩人——野野村先生和柊TOKORO老師也如此稱讚，還露出滿足的表情。

——我們就坐在一間離中堅出版社町田出版不遠的餐廳裡。

為了答謝我在前些日子協助身為作家的柊TOKORO老師取材，他們才會招待我來這間有點貴的餐廳。

我以前幾乎不曾在這種餐廳用餐。

我原本還在擔心會有什麼用餐禮儀或規矩必須遵守，看來在這裡不需要顧慮那種事情。

因為可以讓人在輕鬆自在的氣氛下享用美味的餐點，這裡好像常被用來招待作家。

「所以……請容我再說一次，前陣子真是多謝了。」

吃完豆腐後，野野村先生一邊喝茶一邊低頭向我道謝。

「多虧有你幫忙，TOKORO老師的新作順利完稿了。哎呀～～你真的幫了大忙！」

「不，該道謝的人是我才對！我得到了非常寶貴的經驗，卻承蒙您招待到這種地方……還多帶了一個人……」

說完，我斜眼看向春珂。

「這樣真的好嗎？協助取材的人不是只有我一個嗎……」

──你可以多帶一個人過來。

──像是那位你在採訪中提到，跟你關係複雜的女生。

──抱歉，我已經問過百瀨了，那個女生就是有來參加職場體驗活動的水瀨同學對吧？

前幾天，當我接到他的聯絡說要請我吃飯時，他主動提出了這個令人感激的建議。

聽他這麼一說──我才想到秋玻與春珂確實也在某種意義上為取材做出了貢獻，姑且算是有資格被招待來這裡吃飯。

可是……我環視店裡的景象，還是不免感到不安。

包廂充滿間接照明的柔和燈光，牆壁上的漂亮木紋讓人眼睛為之一亮。店裡還播放著爵士樂……

……想也知道這一頓飯很貴。

跟我們前幾天去踩點的家庭餐廳和卡拉ＯＫ店相比……這間店的消費毫無疑問算是非常昂貴。光是我一個人被他們招待就很不好意思了，還把秋玻與春珂也帶過來，真的好嗎……

可是——

「啊啊，其實是我拜託野野村邀請她的。」

TOKORO老師津津有味地喝光啤酒，對我如此說道。

「因為我實在很想親眼觀察你平常的人際關係。呵呵呵，你就當作取材還在進行吧。我很期待能再次見到你有趣的一面……」

「……我、我總覺得這樣有點可怕……」

……她該不會又像上次那樣對我問個不停吧？就像把細野和柊同學拿來當成小說題材時那樣刨根問底……

此外，我們明明在聊這種話題，旁邊的春珂還能傻傻地繼續吃著豆腐，也是相當有膽量……她平常明明就很嬌弱，只有在這種時候莫名大膽……

「事情就是這樣……之後的情況如何？」

剛好話題被轉到這邊，TOKORO老師便把身體探了過來。

「你最近都在做些什麼？……看你的表情，好像已經擺脫煩惱了。」

「是啊……妳說得沒錯。」

我把接受採訪那天以後發生的事情大致告訴他們。

包括我頭一次打算讓自己再多考慮一下。

還有現在正打算報考都內大學，想好好思考自己的未來──以及最近正忙著籌備惜別會。

「然後就是……忙著籌備惜別會吧……」

就在這時──我突然想起來了。

再這樣下去，我們真的只能辦出一場普通的聚會……

我想突破這個困境。可是……該怎麼做？到底該怎麼辦才好……因為繼續下去應該也能辦出不錯的聚會，讓我無法隨便做出改動，真的很傷腦筋。

「你怎麼一臉憂愁？辦惜別會不是很有趣嗎？」

TOKORO老師向我如此問道。她的臉頰在不知不覺中逐漸變成桃紅色。

仔細一看，她好像早就改喝熱酒，變得醉醺醺了。

「矢野同學，是不是有什麼事情讓你感到不安？」

「我總覺得……這場惜別會好像有點平凡。」

說完──我瞥了一眼身旁的春珂。

她正用筷子戳弄店員接著端過來的小分量沙拉。

「我還是想舉辦一場特別的聚會……不是普通的班級聚會，而是可以深深留在大家記憶中的聚會……但一直無法如願進行……」

「哦～～特別的聚會啊……」

TOKORO老師邊說邊用指尖劃過酒杯。

「這確實是件難事，不是只要搞出一些奇特的花招就好，必須讓大家都能樂在其中，還得給人過去從未有過的經驗……就跟寫小說一樣，這就是最困難的地方……」

——她的表情莫名認真。

完全符合我心目中的「作家」形象。我重新體認到這位TOKORO老師是個大受歡迎的職業作家。

「……野野村，你有什麼看法？」

TOKORO老師看向野野村先生。

「你是經常必須思考這種事情的編輯，而且每年都擔任町田出版社的尾牙幹事吧？你有沒有什麼好主意？」

「唉～～我每次編輯一部新作品時也都會為此苦惱。辦尾牙也只是每年都做一樣的事，並不是從無到有籌備整個活動。」

「嗯，說得也是…………嗯？可是——」

TOKORO老師露出想到某件事的表情。

「可是，你跟百瀨的婚禮不就辦得很不錯嗎？」
——然後說出這句話。
聽到「你跟百瀨的婚禮」這幾個字，正在專心用餐的春珂猛然抬起頭。
春珂很喜歡聊戀愛話題，之前也一直對野野村先生與千代田老師的過去展現出異常強烈的興趣。
只要逮到機會，春珂就會向千代田老師打聽他們的愛情故事，還會積極索取她丈夫的照片，甚至連去町田出版社參加職場體驗活動時也對野野村先生問個不停。
他們兩位應該都對春珂的攻勢感到很頭痛。
所以換作平常——他應該會輕輕帶過這個婚禮的話題。
「我們的婚禮啊……這個嘛……」
也許是因為感到懷念，讓他有些鬆懈了。
野野村先生繼續說下去。
「當時發生了很多事呢……我記得在當地好像沒有人辦過那樣的婚禮——」
「——請問那是什麼樣的婚禮！」

——如我所料。

春珂果然立刻上鉤了。

她放下筷子探出身體——眼睛閃閃發亮，向野野村先生問道。

「你跟千代田老師舉辦的婚禮到底是什麼樣子！」

「咦，呃……」

野野村先生似乎總算——想起上次的事情了。

他露出苦笑，想逃避這個話題。

「哎，婚禮是在我和百瀨的故鄉舉辦……當時市政府也有提供協助，我們才能舉辦一場特別的婚禮……」

可是——春珂當然不會放過他。

「你手機裡有當時的照片對吧！」

「嗯，是有……」

「不對，應該還有影片對吧！」

「有是有啦……」

「……可以讓我看看嗎！」

「嗯嗯……也不是不行啦……」

野野村先生從口袋裡拿出手機，卻還是一副無法下定決心的樣子。

「可是，要是給你們看太多這種東西，百瀨也會生氣。我上次讓矢野同學看影片就惹火她了……」

「……你就給他們看看吧。」

TOKORO老師用難得溫柔的口氣對野野村先生這麼說。

「我會幫你向百瀨解釋的。而且這不是她負責的班級的惜別會嗎？我覺得百瀨不應該在這種時候吝於分享。」

聽到這句話，野野村先生深深嘆了口氣。

然後——

「……妳說得對，好吧。」

說完，他就開始滑手機。

「那麼，我朋友幫忙拍了不少影片……就讓你們看看吧。」

「好耶～～！」

春珂大聲歡呼，高興到快要跳起舞來。

「謝謝你！我好期待～～……到底是什麼樣的婚禮？」

「……來，就是這樣的婚禮。」

野野村先生在手機螢幕上滑了好一陣子。

然後說出這句話——把螢幕拿到我們面前。

上面似乎正在播放影片。

小小的螢幕顯示他們兩人在眾人包圍下的身影。

「——哇～～好漂亮！千代田老師好漂亮喔！」

春珂先是大聲歡呼。

「那身婚紗禮服……真是太棒了！超級適合千代田老師！」

「……真的耶。」

——我忍不住看傻了眼。

螢幕上的千代田老師穿著純白的婚紗禮服。

那身禮服跟千代田老師纖細的身材與充滿神祕感的氣質很搭調……雖然我以前不太會去意識到這件事，也不曾用那種目光看自己的班導，但我再次體認到她也是一位相當漂亮的美女。

除此之外——

「野野村先生也好帥，白色外套真是太適合你了……」

站在旁邊的野野村先生也是一表人才。

他不是穿著平時的便服，而是筆挺的晨禮服。
他們兩個站在一起，讓我覺得他們非常登對。
——只不過……
比起他們兩人的穿著，螢幕上顯示的光景——有個地方更令我在意。
「請問……這裡是什麼地方？」
我重新看向野野村先生，問了這個問題。
「不是教堂，也不是神社……對吧？野野村先生，請問你們是在哪裡舉辦婚禮？」
那是一間類似石造涼亭的建築物。
外面的景色八成是北海道的城鎮與藍色大海——
不管怎麼看，那裡都是位在一座小山的山腰。
這個地方到底是哪裡……
「噢，這裡啊……是個瞭望台。」
野野村先生一臉難為情地如此回答。
「我跟百瀨相遇的高中附近的瞭望台，百瀨最初向我告白的地方就是這裡……」
「……咦咦咦咦！唔哇啊啊啊啊啊啊！」
——春珂露出今天最興奮的表情。

不管是表情還是聲音都流露出強烈的憧憬、羨慕與心動——

「好棒……太棒了，居然能在充滿兩人回憶的地方舉辦婚禮……！」

春珂雙手扶著臉頰，身體扭來扭去。

可是，她的眼睛依然緊緊盯著螢幕。

「不過，我真沒想到這種地方也能舉辦婚禮……雖然這裡看起來就跟普通的公園一樣……」

「沒錯沒錯，所以我們剛開始也沒想過要在那裡辦完整場婚禮。」

野野村先生看起來還是有些害羞。

他一邊喝著冰開水一邊調整呼吸。

「可是，那裡對我們來說果然是意義重大的地方，於是我們跑去詢問市政府能不能讓我們在那裡舉辦婚禮、婚宴或是續攤派對。結果……市長好像對這件事很感興趣，說如果是宇田路當地出身的年輕人要結婚，就乾脆直接在那裡辦完整場婚禮吧……」

「哦……這位市長人真好！」

「畢竟那裡是個觀光都市，可能也是利用我們的婚禮，順便試辦要提供給觀光客的企劃案……啊，跳到下一部影片了。這是續攤派對的影片。」

就跟野野村先生說的一樣——當我回過神時，已經跳到下一部影片了。

這次的地點換到室內……那裡八成是間普通的餐廳。

影片內容是當時在那裡辦續攤派對的景象。

總覺得影片就跟我想像中的一樣。雖然我一次都不曾參加這種活動，但婚禮的續攤派對八成就是這個感覺吧。

只不過，春珂似乎很羨慕。

「唔哇啊，真好……在場的每個人都是來祝福野野村先生和千代田老師的吧。哇……這種地方真是太夢幻了……」

她一臉陶醉地看著螢幕。

於是——下一瞬間。

螢幕裡的餐廳突然關燈——

然後，伴隨著響起的音樂——店裡的巨大螢幕開始播放影片。

首先是一張被毛毯裹住的嬰兒的照片。

下面的字幕寫著——「九十九誕生！　××年××月××日！」

接著出現的是另一個嬰兒的照片，下面寫著：「百瀨誕生！　——」

「——這是很常見的節目呢。」

TOKORO老師一邊看著影片一邊說出簡短的感想。

「這種節目一定會出現在婚禮的續攤派對。就是用影片或照片回顧新郎和新娘從出生到相遇，然後再到結婚的一切經歷。」

「這是一定會有的節目嗎？」

我看著螢幕中的兩人逐漸成長的模樣，一邊如此問道。

我幾乎沒參加過婚禮，唯一參加的一次也是在很小的時候。

我不記得當時的事情，甚至有可能沒參加過婚禮的續攤派對。

所以，至少我還是頭一次見到這樣的影片……

「是啊，在我參加過的婚禮續攤派對中，十之八九會有這種節目。這可以算是王道中的王道吧。」

「原來是這樣啊……」

「不過，這種節目真的……」

TOKORO老師看向手機。

螢幕上顯示著——野野村先生和千代田老師。

她看著還是高中生的兩人，瞇起有些濕潤的眼睛——

「真的每次……都很令人感動呢……」

「……是啊。」

——我很贊成TOKORO老師的說法。

手機裡的影片時間又繼續往後推，顯示出他們兩人大學時代的模樣。

這時的他們已經很接近現在的樣子，但看起來還是有點年輕……

……當然，我只不過看了一段幾分鐘的影片。

只是透過一些照片和影片窺見他們兩人從出生至今的人生。

就算這樣……想到他們兩人的過去，還有他們將要結婚的未來……還是讓我……莫名感慨萬千……

……話說……

「嗚，嗚嗚……」

——有人哭了。

在旁邊看著影片的春珂小聲啜泣，並用餐桌上的紙巾擦著眼淚。

「太好了……他們兩人可以在未來順利結婚，真的是太好了……」

只是透過幾分鐘的影片看到別人的成長史，真虧她有辦法看得這麼投入……

……話雖如此，我也不是不能體會她的心情。

因為我也有點想哭……

就在我拚命忍著淚水時，春珂——突然把頭轉過來。

「……嗯？怎、怎麼了……」

她的表情像是下定了某種決心。

讓我心頭為之一震。

「矢野同學——我們就來做這個吧！」

春珂——難掩激動地對我這麼說。

「這就是我們二年四班的惜別會要做的事情！」

*

「——原來如此，妳想播放紀念照片與影片啊……」

「對，就是這樣！」

跟野野村先生與柊TOKORO老師一起吃飯的隔天。

在放學後的社辦裡，春珂挺起胸膛，深深點了點頭。

這間狹窄的社辦今天也籠罩著充滿灰塵味的空氣，擺放著破爛精裝書的書架；貼著外星人貼紙的收錄音機；還有蘇聯依然存在的地球儀——全都在一旁守候著我們。

在這當中——春珂一臉陶醉地繼續說下去。

「看過千代田老師和野野村先生的婚禮紀錄片，我真的非常感動……光是看過那段短暫的影片，就讓我有種從很久以前就一直看著他們，為他們聲援的感覺……」

「……是啊。」

「不過，既然連班導的那種影片都那麼感人了……如果我們能製作一部自己的那種影片不就太棒了嗎？如果可以大家一起觀賞那部影片，不就能讓這場惜別會永遠留在記憶中嗎……？」

「……妳說得對。」

光是稍微想像，我就覺得有些感動。

透過影片回顧過去這一年發生的事情……

從我剛認識秋玻與春珂，跟班上同學還不是很熟的那段時間，經過文化祭和教育旅行這些活動，一直到跟大家混熟的過程。

「所以，我無論如何都想試試看……你覺得如何？」

「……不錯耶，是個好主意。」

我覺得這是個無可挑剔的好主意。

不只是大家聚在一起吃飯，還要回顧過去發生的一切。

而且——搭配經過後製的影片。

……嗯。

這是可以超越過去那些班級聚會的好主意。

我還想再多加一些……一些些不一樣的點子。

如果要舉辦一場真正特別的惜別會，我覺得還需要下更多工夫，但這個問題可以之後再來慢慢思考。

我想先試著實現這個點子。

「那就這麼決定了。我們立刻動手製作影片吧。」

「好耶！」

春珂露出燦爛的笑容——一口氣往我這邊靠了過來。

「矢野同學，謝謝你！啊啊，希望大家也能看得開心～～……」

「等……等一下！春珂！妳靠太近了啦！」

「咦～～那是因為這間社辦太小了。這又不能怪我……」

「才怪，不管怎麼看都還有空間吧！這樣很難說話，妳離我遠一點啦！」

「……嗯～～……」

即使露出不滿的表情，春珂還是乖乖地跟我拉開距離。

太好了。要是她離得那麼近，會害我心裡小鹿亂撞，沒辦法好好思考。

「……那我們趕快開始進行吧。」

說完，我拿起手機打開圖片庫。

眼前是我在日常生活中拍攝的照片與影片——

「那種紀錄片到底要怎麼製作？我記得只要使用智慧型手機或電腦的影片剪輯軟體，想製作那種影片應該並不困難……可是素材又該怎麼辦？」

「是啊……只靠我們兩個手中的素材，根本不夠用吧。」

我試著滑動螢幕檢查檔案……但素材實在太少了。

我在日常生活拍攝的照片少到連我自己都驚訝的地步。

在文化祭和教育旅行的時候，我確實拍了不少照片。可是，如果沒有遇到那樣的活動，我一個星期頂多只會拍一兩張。

在「相機膠卷」裡往上一滑，馬上就能找到一年前的照片。

順帶一提——

「秋玻拍的照片也未免太少了吧～～……」

春珂一邊檢查手機裡的檔案一邊嘟起嘴巴這麼說。

「我出現的時候拍了不少……但秋玻幾乎沒在拍照。所以，素材還是有點少……不，是非常不足才對。」

……哎，我就知道會這樣。

因為我幾乎沒看過她拿手機拍照的樣子。

只不過……就算秋玻經常拍照，我也常在日常生活中拍照，應該也無法收集到足以製作影片的素材。

光靠我們三人手中的素材，影片視角會變得太狹隘……

有滿多完全沒出現在照片上的同學，如果要在班級聚會上讓大家觀賞這部影片，我想讓大家都出現在影片之中。

「……要不要跟大家募集素材？」

春珂交叉雙臂，說出自己的想法。

「我們可以在明天的班會詢問大家的意願。」

「嗯～～這種做法也不是不行……」

我也跟著交叉雙臂，稍微思考了一下。

「……難道妳不想給大家一個驚喜嗎？」

「……驚喜？」

「嗯。當然我也知道只靠我們無法解決這個問題，可是……我希望能夠不告訴班上的大家，突然在惜別會上播放這部影片……」

我覺得這是能讓大家最感動的做法。

其實我個人並不是很喜歡快閃族那種玩咖式的驚喜，也不是很想把惜別會變成那種感覺的活動。可是……如果可以突然播放紀錄片，給大家一個這樣的驚喜，班上同學應該也會開心……

「有道理！」

春珂很乾脆地表示贊同。

而且她還再次往我這邊靠過來。

「那……我們就只找幾個人幫忙吧！如果你覺得這樣不妥，我們也能拜託別班的人幫忙——」

「——就說妳靠太近了啦！拜託妳保持適當的距離！」

——我們就這樣邊吵邊討論。

同時開始依序列出想拜託幫忙收集素材的對象——

*

「——哦～你們想做二年四班過去這一年的紀錄片啊……」

「原來如此……這是個好主意呢。」

隔天午休時間。

我們馬上把昨天的結論告訴須藤與修司——他們小聲說出自己的感想，想也不想就答應幫忙了。

「我當然願意幫忙……！」

「嗯，我也願意。我手上的照片應該算多了……」

「真的嗎？那真是太好了，謝謝你們……」

我鬆了口氣，同時向他們兩人道謝。

順帶一提，秋玻與春珂今天似乎要去做身體檢查，所以沒跟我們一起吃飯。

她們這陣子好像都要去醫院，我有好幾天都得單獨行動。

雖然會相當辛苦，但考慮到她們的情況，我也不能勉強她們。我打算靠自己突破這個難關。

除此之外……關於會場的部分，我們也還在考慮。

如果要播放影片，就需要播放器與銀幕。而我正透過電子郵件跟家庭餐廳、卡拉OK店商量這個問題。

「你們看，我的圖片庫大概就像這樣。」

「喔喔，妳真厲害。」

「真的很厲害，妳拍了好多照片……！」

我們三個人一起探頭看向須藤的手機。

嗯——裡面的檔案非常多。

螢幕上滿是數量驚人的照片和影片——

不但有在無意間拍下的校內日常風景，還有便當的照片，以及在各種活動中拍下的照片。

其中也有不少跟學校無關的照片，像是須藤在自己家裡做的料理，或是她穿著剛買來的時尚便服，拍下鏡子裡的自己的照片。

這裡面……應該儲存著幾百張，甚至幾千張照片吧？

畢竟須藤確實給人平時就經常拍照的感覺。

「謝謝妳……只要有這些照片，應該就能幫上很大的忙了。」

「真的嗎？那就好～～……」

須藤開心得雙馬尾跳個不停。

「順帶一提，我的圖片庫大概是這樣。」

「……喔，修司，沒想到你也拍了不少。」

——我覺得很意外。

想不到個性冷酷的修司手機圖片庫裡也塞滿了照片。

我不太記得有看過他平時拿起手機拍照的樣子，他到底是在什麼時候拍下這些照片的……

「因為……班上有不少同學都邀請我加入Line的群組。」

也許是看穿我心中的疑惑，修司向我如此解釋。

「大家經常會在群組裡分享日常生活的照片。我把其中比較喜歡的照片儲存起來，就變成現在這樣了……」

「原來如此……哎呀，這真是幫了大忙。謝謝你。」

「不客氣。」

跟修司互相點點頭後，我重新——看向他們兩人的手機圖片庫。

螢幕中充滿著我們一起度過的日常風景。

不但有教育旅行和文化祭這些也有留在我記憶中的照片……也有我完全不曉得是什

麼時候拍攝的普通照片——

「……可是啊～～」

跟我一起看著手機的須藤突然開口。

「這一年……真是發生了許多事情呢。有好事，有令人驚訝的事，也有令人寂寞的事情……」

「是啊……」

而修司也感慨地接著說。

「仔細想想，去年或許是我人生中發生最多事情的一年……真的是轉眼間就過去了……雖然沒有須藤那麼強烈，但我還是會有那種突然結束的落寞感。畢竟我們從今年開始就是考生了……」

「對吧？」

說完，須藤親暱地看向修司的臉龐。

「所以，我真的很不希望跟二年級告別……因為大家還得被分到不同的班級……」

「是啊……」

聽到她這麼說，我才想到一件事。

這麼說來……他們在下個學年將會頭一次被分到不同的班級。

他們兩個過去不曾分開，這次他們的生活終於變得稍有距離了。

「你們有什麼感覺嗎？」

我突然感到有些在意，問了這個問題。

「這是你們頭一次被分到不同班級吧？會不會感到很寂寞？」

——我說出自己的疑惑。

把話說出口後，我才發現自己可能不該問這種問題，暗自感到焦急。

仔細想想，修司在去年春天被須藤甩掉，他們已經不是普通的好朋友了……要是這時候回答得不好，現場氣氛可能會變得有些尷尬……

可是——

「不，沒那種事。」

想不到——修司很乾脆地如此回答。

「我們的交情已經維持這麼多年，早就不會為了那點小事出現變化。我甚至覺得這樣有點新鮮。」

「哦，原來是這樣啊……」

我說著輕撫胸口。

幸好他並沒有捨不得跟須藤分開。

只是——

「……咦？真的假的？」

——須藤叫了出來。

她像是看到難以置信的東西，驚訝得轉過頭來。

「修司，你真的不會感到寂寞嗎……？」

我發現須藤——露出發自內心大受打擊的表情。

她看著修司的表情，就像被重要的人背叛一樣。

「這件事讓我有些……不，我是真的覺得很沮喪耶……」

「咦……？沮喪……？」

「嗯。我真的很不想跟你分到不同的班級……」

然後須藤皺起眉頭。

「……原來你不是這麼想的。」

「……不，妳誤會了！」

——修司發出我從未聽過的驚慌叫聲。

然後，他加快語速急忙解釋。

「我不是不會寂寞，只是覺得這樣並不代表分開！如果真的要跟妳分隔兩地，我也會真心感到沮喪！」

「可是，你並不在乎跟我分到不同班級不是嗎……」

「我……我不是那個意思……」

——他們的對話讓我感到有些意外。

想不到竟然是須藤覺得寂寞，修司以平常心面對。

感覺就像是須藤喜歡修司一樣……

……不，現在不是說這種話的時候，我得趕快出面圓場。

「好了好了，先冷靜一下……」

我趕緊走到他們兩個之間，試著安撫須藤。

「妳跟修司在一起這麼久了，分開會感到寂寞也很正常，但修司也只是對這段友誼感到比較放心——」

「——不光是修司。」

須藤還是一臉不滿，往我這裡看過來。

「我真的不想被分到跟你還有秋玻、春珂不同的班級。我想繼續跟你們在一起。」

——我一時不知該如何反應。

我想不到須藤會這麼說，也想不到她居然這麼「重視」我們。

我有感覺到她把我們當成親密的重要朋友。
可是我沒想到——她居然重視我們到這種地步。
光是被分到不一樣的班級，就能讓她毫不害羞地說出自己心中的寂寞……
「可是，大家都不在乎這件事……就算跟我分開，你們也不在乎……」
「……不，被分到跟妳不同的班級，我當然也高興不起來。我也不想被分到跟矢野和水瀨同學不同的班級！」
「可是，你剛才明明就不是很在意這件事——」
——聽著他們重新開始談論這件事。
我發現自己不知為何再次有股罪惡感。
須藤她……不，肯定不是只有她。
須藤和修司都把我們當成親密的好友。
他們重視我和秋玻與春珂的程度遠遠超過我的想像。
然而——
我卻沒有把我們遇到的問題告訴他們。
只會用「下次再說」這種曖昧的藉口逃避這件事，沒有告訴他們我當下的想法，還有我們之間的複雜關係——

我一直有些畏懼。

害怕讓人知道自己可恥的煩惱。

害怕讓人知道我是個優柔寡斷的傢伙，因為這樣疏遠我。

——儘管我很明白他們兩人不會因為這樣就疏遠我。

……當然，有些事也是真的不能說出來。

因為這還關係到秋玻與春珂的隱私，也有一些沒必要說以及說出來會讓人困擾的事情。事實上，修司和須藤可能也不想知道那種事。

可是——我已經不想再繼續這樣下去了。

我無法放著那面若有似無的心牆不管。

「……其實……」

當我回過神時——已經對著還在爭論的他們說出這句話。

然後——

「——秋玻與春珂要我做出選擇。」

「……咦？」

「嗯……？」

修司與須藤停止爭論，整個人都愣住了。

面對這樣的他們，我繼續說下去。

「秋玻與春珂希望我明確表示自己到底喜歡誰，希望我在她們之中做出選擇。」

——短暫的沉默籠罩現場。

從周圍傳來的談笑聲還有中午的校內廣播，都像是被濾聲器處理過一樣，聽起來變得很遙遠。

「……你、你說的喜歡是什麼意思？」

須藤驚訝地睜大雙眼，在她身旁的修司怯怯地問道。

「是男女之間的喜歡嗎？不是朋友之間的喜歡……」

「嗯，就是那種喜歡。我毫無疑問喜歡秋玻與春珂其中之一……但我不知道自己喜歡的到底是誰。有一段時間，她們說這樣也無所謂……但前陣子她們總算表示希望我做出選擇。」

「……這、這樣啊。」

「我想要現在——把這件事說出來。我不想繼續隱瞞你們了。」

「唔、嗯……」

說完，修司陷入沉默。

……我果然造成他們的困擾了嗎？他們應該也不想知道這種事吧。

因為莫名其妙的使命感，讓我認為隱瞞朋友不是好事，沒頭沒腦地說出這些話……

但那也只是一種自我滿足。

他們兩個說不定對這些事完全不感興趣……

須藤還是看著我發呆。

可是——她也只愣了幾秒。

「……嗯啊啊啊啊啊啊啊啊啊啊啊！」

然後就發出這樣的叫聲——整個人癱坐在地。

「咦？怎……怎麼了？妳、妳沒事吧！」

是身體不舒服嗎？還是有蟲子跑到背後？

當我趕緊在須藤身旁蹲下時，她突然抬頭看向天空——

「……你總算說出來了！」

「……咦？」

「你總算告訴我們現在的情況了！啊啊啊啊啊啊啊啊啊……！原來你們現在是這種狀態嗎！呼啊啊啊啊啊！」

「……這是怎麼回事？」

「……其實……」

「我跟須藤……不，就連細野和柊同學，都一直很在意你們三個的關係。」

旁邊的修司面帶苦笑向我解釋。

「原……原來是這樣嗎……？」

「嗯，哎，雖然我們看得出來你們之間發生了許多事，也知道你們曾經交往，後來又分手……卻不曉得實際情況變怎樣。每次我們四個聚在一起都會大聊這個話題……」

「不、不會吧……」

我竟然完全沒發現……

沒想到大家一直有在關心我們……

「可是……我們覺得不該主動關切。因為那很敏感，也是你們的私事……」

「沒錯！就是這樣！」

須藤直到這時才總算恢復平常的樣子，跟玩具人偶一樣不斷點頭。

「哎……因為秋玻與春珂有雙重人格的問題，我不想傷害到她們，也不想說出不該

說的話害她們心情低落……可是啊～我真的很想知道發生了什麼事，還有你們現在到底是什麼樣的關係……」

「這、這樣啊……」

「所以——嗯，我已經等很久了。」

須藤點點頭後——露出笑容。

她露出跟拿到禮物的孩子一樣的表情，向我說道：

「我一直在等待……等你告訴我這些事！」

「……原來這就是你們之間發生的事情。」

「聽起來很不好處理……」

——我把秋玻、春珂和我之間發生的事情大致說明了一遍。

聽完我的說明——修司與須藤深深嘆了口氣。

他們都露出看完長篇故事或重量級電影後那種痴呆的表情。

可是……這或許也怪不得他們。

因為我和她們兩個之間發生了許多事情——而且很多聽來都荒唐無稽。

關於她們兩人的未來——我還是沒有說得太明白。

——包括醫生說春珂可能會消失。

——以及現在或許還存在這樣的疑慮。

因為這件事實在太嚴肅，就算要告訴他們，也不該在這種情況下，應該讓他們先做好心理準備。

即使如此……我覺得已經把事情說得很清楚了。

關於我和秋玻與春珂的現況，應該說得很明白了。

——順帶一提……

在把事情告訴他們之前，我有先打電話給秋玻取得她的同意。

因為這不只是我一個人的事，也得先取得另一位當事者的同意。

只不過——秋玻似乎反倒對我沒告訴修司他們感到意外。秋玻與春珂都覺得我當然會說出那些事。

『咦……你沒說過嗎！』

『我當然沒問題啊！』

『我們反倒希望能跟朋友聊這些心事……』

『……話說，原來你真的一直獨自抱著這些煩惱啊，對不起……』

她甚至還向我道歉。
看來在她們心目中，我們之間的關係並沒有我想的那麼需要保密。
這讓我稍微鬆了口氣。
「……然後，我想聽聽你們的意見。」
接著——我決定再踏出一步。
反正都把我們之間發生的事說出來了。
我想問看看他們的想法。
想按照秋玻的建議，找朋友商量一下——
「你們看了……有什麼看法？你們覺得我喜歡秋玻還是春珂？」
「……啊啊～～……」
聽到這個問題——須藤交抱雙臂露出苦惱的表情。
「這個問題……真的很難回答……」
「是啊……」
旁邊的修司也扶著下巴，露出沉思的表情。
「從你們剛開始的關係看來，我還是覺得你喜歡秋玻同學……但最近好像有種她們兩個勢均力敵的感覺……」

「這樣啊……」

聽到他們兩人的反應，我深深嘆了口氣。

「原來……在你們兩個眼中，也很難做出判斷嗎……」

「是啊。因為你們三個的感情真的很好……而且她們兩個都是很可愛的妹子……」

「可愛的妹子……這種說法太落伍了吧……」

「那就可愛的美眉吧……」

「還是很落伍……」

不過，須藤說得沒錯，因為她們共用同一具身體，外表的條件確實是一樣的，所以問題的關鍵當然會變成內在這部分。

「所以，我真的覺得很難判斷……」

須藤眉頭深鎖。

然後再次低聲沉吟——

「……我投春珂一票。我覺得你喜歡春珂。」

——最後擠出這句話。

「嗯……可以告訴我理由嗎？」

「我覺得你跟春珂在一起的時候比較常笑。雖然你跟秋玻在一起的時候看起來當然也很開心，但我還是覺得你跟春珂在一起比較常露出發自內心的笑容……嗯，我覺得自己應該會喜歡那種只要跟對方在一起就會開心的人。」

「這樣啊……」

這種回答很有須藤的風格。

人會喜歡只要跟對方在一起就會覺得開心的人。這確實是個重要因素，我也有些認同。

而且跟春珂在一起——確實讓我很開心。

跟個性開朗又有點迷糊的她一起度過的時間，讓我覺得很幸福也很快樂。

……不過，我發現她身旁的修司——

在聽到「喜歡只要跟對方在一起就會覺得開心的人」這句話的瞬間，身體稍微抖了一下。

這傢伙果然喜歡須藤吧……

看到他那種反應……

「……修司，你覺得如何？」

我再次問了這個問題。

「在你看來，我現在喜歡的是秋玻還是春珂？」

「我……這個嘛……」

他也再次交抱雙臂，皺起眉頭。

「……我還是覺得你喜歡秋玻同學多一點。」

他保持沉思的表情說出自己的想法。

「你跟春珂同學在一起的時候看起來確實比較開心。可是……我覺得跟同類在一起會讓你比較幸福。就這種意義來說，我覺得秋玻同學可以算是你的知己……因為你跟她在一起的時候，看起來好像很安心……」

「……嗯，我懂你的意思。」

這也是很有說服力的說法。

確實——跟秋玻在一起，我會有種安心的感覺。

不管是喜好還是想法，我和秋玻都有共通之處。

每次跟她說話都有一種心靈相通的感覺，讓我非常幸福。

「可是……」

修司先用這句話起頭。

「就算你說自己喜歡春珂同學，我也完全不覺得奇怪。畢竟她真的是個好女孩，你們兩個也很配。」

「啊，我也這麼覺得！」

須藤猛然探出身子。

「我也覺得妳可能喜歡春珂，但要是你說自己喜歡秋玻，我也不會感到意外！」

「我想也是。所以……」

說完，修司的表情放鬆下來。

「如果你不介意……以後就儘管找我們商量吧，因為我想盡力幫忙。」

「沒錯沒錯！關於戀愛方面的煩惱，找須藤老師就對了！一小時的諮詢費只要五千圓喔！」

「呃，原來妳還要收費喔！」

我忍不住笑了出來，同時不忘吐槽須藤。

……我真的很慶幸。

我有這些願意設身處地為我著想的朋友。

即使我說出這麼麻煩還有些沉重的煩惱，他們也願意認真回答。

而且——他們兩個給我的回答，讓我有種視野變開闊的感覺。

當然，我還沒找到答案。他們只不過是告訴我自己的感想。

可是我從只能一個人煩惱，始終找不到答案，變成可以得到朋友的感想。

這讓我覺得自己好像可以稍微看到確切的事實，以及並非如此的事情。
我隱約感覺好像能找到答案了。
自己正朝向答案慢慢前進——
「……謝謝你們。」
我再次向他們兩人道謝。
「素材也好，商量也好，真的很感謝你們的幫忙。」
「別客氣～～這只是舉手之勞！」
「你願意把事情告訴我們，應該是我們要道謝才對。」
「沒錯沒錯，我也覺得很開心喔！」
——我看著他們兩人的笑容。
暗自做出一個——小小的決定。
我想再多找幾個人談談看。
我要向值得信賴的朋友說出自己的煩惱——

【若是寫出一首像是Raspberry的歌曲】

第三十二章

Chapter.32

Bizarre Love Triangle

三角的距離無限趨近零

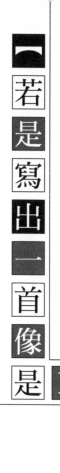

「——啊～～ＯＫＯＫ～～！這個我應該幫得上忙！」

——在那之後過了幾天。

放學後，我在走廊上向古暮同學提起驚喜紀錄片這件事——結果她有些開心地如此回答。

「因為我經常拍照，影片也拍了不少。」

「真的嗎？那可真是幫了大忙……」

「我在班會也說過要幫忙了啊。還有就是，我爸很喜歡拍照，他在文化祭用單眼相機拍了不少照片，應該可以提供拍得比智慧型手機更棒的照片。」

「喔喔，竟然是單眼相機！」

——她是古暮千景同學。

在二年四班屬於外向型的學生，是一位個性有些強勢的女孩。

自從去年春天不小心撞見她向修司告白被拒絕後，我們在文化祭和教育旅行時有過好幾次交流。

對不太跟別人交流的我來說，她是班上少數可以算是「朋友」的學生，我們有時候也會閒聊一下——繼須藤他們之後要找的幫手，我想就是她了。視情況而定，說不定也能跟她商量秋玻與春珂的事情。

……話說回來，竟然有單眼相機拍的照片，應該可以期待……

雖然我對影像的品質沒有特別要求，如果有不錯的照片，應該可以拿來用在關鍵的地方。

此外——

「啊～矢野同學，需不需要我一起幫忙～？」

古暮同學身旁還有一位女生，她們兩個似乎正準備一起回家。

就連身為古暮同學的表姊妹，同時也是知名背景音樂製作人「Ｏｍｏｃｈｉ」的菅原未玖同學都主動說要幫忙。

「咦？這樣好嗎……？Ｏｍｏｃｈｉ老師，我記得妳好像不常拍照不是嗎……」

「你放心，在文化祭結束之後，我就交到不少同年級的宅友了～」

說完，Ｏｍｏｃｈｉ老師露出賊笑。

「坦白說，我現在變成一位宅圈公主了～」

「啊，是、是這樣嗎……」

宅圈公主……我還是頭一次親耳聽到這個詞彙。

而且Omochi老師還是如此自稱……

「所以，只要我拜託騎士團的大家幫忙，應該可以收集到不少照片～」

「這、這樣啊……謝謝妳。」

總、總覺得……透過這種管道收集照片有點奇怪。可是，她想幫忙的心意讓我非常感激，因為素材當然是越多越好。

「真的很感謝妳們願意幫忙。」

「別客氣，這只是舉手之勞。」

「是啊，放心交給我們吧～」

——我們三個說著這樣的對話。

事情又有了新的進展，讓我感到放心。

「……我順便問一下，秋玻和春珂呢？」

古暮同學看了看周圍後，如此問道。

「你們沒有一起行動嗎？」

「嗯，她們最近好像忙著去做檢查，我有好一段時間都是獨自行動。」

「哦～辛苦你了，既然是去檢查身體，那也沒辦法。」

「是啊。不過她們很快就會回來，我只要忍耐到那時候就行了。」

「喔～～加油吧～～要是有什麼需要幫忙的地方就儘管說吧。還有～～有件事我一直很在意——」

古暮同學先拋出這句話——

然後用若無其事的口氣像在閒話家常般問了這個問題。

「矢野你最近——是不是跟秋玻做過了？」

「……啥？」

「我是說，你們兩個終於破處了嗎？」

「…………啥啊！」

——我大聲叫了出來。

為了理解這個問題，我稍微愣了一下，然後才大聲叫出來。

因為……她居然問我們有沒有做過！還說什麼破處！

「妳、妳為什麼突然……問這種問題啊！」

「咦？因為啊，秋玻最近不是變得莫名可愛嗎？」

無視驚慌不已的我，古暮同學一臉平靜地這麼說。

「她變得很有女人味。所以，我才會覺得你們兩個可能已經做過，想知道實際情況到底是怎麼樣。」

「……」

我不由得啞口無言。

……不過，秋玻確實變漂亮了。

雖然秋玻最近很可愛，但為什麼會有人因為這樣就聯想到有沒有性經驗這種事……這傢伙的腦袋結構未免太奇怪了吧……

我感到既傻眼又震撼，準備開口解釋事情的經過。

「……啊！對了，有件事我一直很好奇～」

Omochi老師搶先我一步，突然想到似的叫了出來。

「秋玻與春珂現在應該不到三十分鐘就會對調一次對吧？」

「……是啊，嗯，就是這麼回事。」

「也就是說，你們做那種事情的時候，她們也可能會突然對調不是嗎～」

「……！」

「那樣應該非常不妙吧？因為要是她們兩個對調了，不就會突然發現自己正在做那種事嗎～」

「有道理。在那麼短的時間內，只要矢野不是超級快槍俠就絕對來不及完事。」

「你們怎麼解決這個問題？難不成你們根本不管那麼多，直接三個人一起……」

「——喂喂喂，給我等一下！」

我趕緊打斷這個越來越脫軌的話題。

「妳們兩個……到底在說什麼！我……我們又沒有做那種事情……哪有什麼不管那麼多……」

「咦？是這樣嗎～」

「我還以為你們這次真的做了。」

她們兩個發自內心感到意外。

怎麼回事……為什麼她們可以這麼輕易問出這種問題……

而且……

「……妳們以為我們三個是什麼樣的關係啊？」

「咦？不就是墮落的關係？」

「是啊～」

……她們說得還真是過分。

不過……我們有一段時間確實曾經變成類似那樣的關係。

所以我也不太有資格反駁她們……

「不過這樣的話～」

說完，Ｏｍｏｃｈｉ老師探頭看向我的臉。

「你們三個現在是什麼樣的關係啊～？」

……哎，我就知道她們會說到這件事。

「離文化祭已經過了好一段時間，但我總覺得你們好像還沒做出結論。」

「喂，到底怎麼樣了？你是不是還在為此煩惱啊？」

「喔，這、這個嘛……」

支支吾吾了一段時間後……我終於下定決心。

……既然事情變成這樣，我就告訴她們吧。

她們兩個也是我重要的朋友，而且個性與想法都跟我不一樣——說不定她們能說出我想不到的意見。

「……其實我們之間發生了許多事情。」

說出這樣的開場白後，我簡短地向她們說明整件事情。

「……哦～～原來如此。」

「嗯～～原來你們現在是這種關係啊～～」

因為在走廊上說這種事不太好……我就把她們帶到自動販賣機前面。

就跟我對須藤與修司做過的一樣，把整件事情告訴她們後——古暮同學和Ｏｍｏｃｈｉ老師同時把身體靠在椅背上。

「哎呀～～你們的關係比我想的還要複雜呢。」

古暮同學交抱雙臂，露出有些傷腦筋的笑容。

「不過，之前去旅行的時候，我就大概明白你們的關係了。我有想過你們之間應該還有許多問題，沒想到會變得這麼麻煩～～」

「我也從秋玻那邊聽說過一些事～～」

說完，Ｏｍｏｃｈｉ老師把剛買的鋁箔包飲料一口氣喝完。

「看來整件事終於要做個了結，你必須在兩個重要的女孩之間做出選擇了。」

——她們兩人的反應比修司和須藤還要輕鬆自在。

雖然她們很認真地面對我的煩惱，心情依然保持平靜。

拜此所賜，我的心情也稍微放鬆了，懷著閒聊的心情回答：

「是啊。之前發生了不少事情，終於走到這個局面了。」

就跟古暮同學和Omochi老師說的一樣，我過去曾經把我們的關係透露給她們知道。

首先是文化季的時候。

Omochi老師中意秋玻的歌聲，還以她為題材作曲。

當時秋玻曾經把自己的心情與過去的經歷告訴Omochi老師，她因為這樣寫出一首非常適合秋玻的好歌。

還有就是教育旅行的時候。

為了讓失魂落魄的我重新振作起來，古暮同學和Omochi老師出手幫忙秋玻與春珂。她們當時好像也聽說過整件事情的大致情況。

雖然我們三個的關係在當時也很複雜，在那之後又過了好幾個月，情況有了巨大的改變。

所以——我想聽聽她們的想法。

「——妳們覺得我喜歡的是誰？」

我簡單扼要地如此問道。

「在妳們眼中，我喜歡的是秋玻還是春珂？」

「哎～～應該是秋玻吧。」

——立刻有人回答了。

聽到我這麼問——古暮同學馬上如此回答。

「這麼說有些對不起她，但我覺得那個人不可能是春珂，一定是秋玻。」

「哦，妳有什麼根據嗎？」

她看起來不像是有足以馬上做出回答的根據。

古暮同學確實不像是會為了這種事一直煩惱的人，而且她應該跟秋玻比較合得來。

可是，沒想到她居然會這麼快就給我答案。

「其實啊～～」

古暮同學邊說邊把空紙盒丟進垃圾桶。

「我本來不是很喜歡秋玻。」

「妳、妳不喜歡她嗎……？」

「嗯，教育旅行的時候，我已經對她本人說過這些話了。當她還有你這個男朋友的時候就整天擺出一張苦瓜臉，後來主動把你甩掉，又一副好像很關心你的樣子，讓我覺得她很莫名其妙。」

「噢……妳會這麼想也很正常啦。」

在旁人眼中，她的行為或許會讓人有這種感覺。

就是這個女生怎麼一直在煩惱。

「可是，我們在教育旅行時聊了不少事情，讓我改變了對她的看法。我發現她也在努力過活，只是用的方法跟我不同。因為她非常認真地面對自己的人生，才會變成現在這樣。我覺得這樣的女生很不錯，也很適合跟你在一起。所以，我投秋玻一票。」

「……原來如此，謝謝妳的回答。」

這個答案讓我也替秋玻感到開心。

因為秋玻得到了這樣的評價，也因為她的生存之道得到了個性不同的古暮同學的肯定。

「我反倒想投春珂一票～～」

古暮同學說完，便由Ｏｍｏｃｈｉ老師繼續說下去。

「……哦，這倒是讓我有些意外。」

我忍不住稍微探出身體。

「我看妳相當喜歡秋玻，甚至為她作曲。可是，妳為什麼會選擇春珂？」

「因為秋玻身上有那種難以親近的類型的優點～～」

Ｏｍｏｃｈｉ老師露出傻呼呼的笑容，就像在談論自己的偶像。

「如果以音樂來形容，她就像是已經被人徹底摸透卻依然持續進化的極簡鐵克諾一樣。我真的很喜歡那種美感，也深深愛著她的生存之道，我甚至可以算是她的粉絲了～～可是～～……」

Omochi老師有些傷腦筋地皺起眉頭。

「……這也讓我感到有些害怕～～要是我待在她身旁，會不會玷汙了那種美感？我會不會親手破壞那種美感？」

「……啊～～我好像可以理解。」

就跟Omochi老師說的一樣，秋玻是個非常纖細的女生。別人的話語會對她造成巨大的影響，世上發生的各種事情都會讓敏感的她有所反應。

所以——我不是不能理解她會對此感受到壓力的心情。

「相對地，春珂則是堅強的女孩。雖然外表看起來柔弱，卻有著不會動搖的意志，在精神上也很堅強。因為我是那種有著玻璃心的人，而且你也有一點這種感覺，我覺得你應該比較容易喜歡上春珂～～」

「原來如此。」

她們兩個都說出自己的意見了——

聽完這些讓人感到放鬆的意見——我點點頭。

「嗯，這樣啊。謝謝妳們，這些意見真的很有參考價值。」

聽到我這麼說，古暮同學和Ｏｍｏｃｈｉ老師也回我一個微笑。

「不客氣，反正你也有幫大家籌備惜別會，這點小事不算什麼。」

「我們有幫上忙嗎～～？」

「嗯，這些意見很有參考價值，真的很感謝妳們。」

我覺得自己更接近答案了。

聽過她們兩個的意見後，每當那些想法進到腦袋，我內心的想法就越來越明確。

……很好。

只差一點了。我要繼續詢問大家的意見。

這樣我肯定可以慢慢找出自己真正喜歡的人。

——雖然我是這麼想的……

＊

「——就說了，我根本不是那個意思！妳為什麼要那麼認為！」

「——可是聽到你那麼說，我就只能想到那種可能性啊……！」

「兩、兩位別生氣！拜託你們冷靜下來！」

隔天午休時間，我坐在中庭的長椅上。

我不知為何——正在勸架。

阻止朋友細野和柊同學這對情侶吵架……

「好了，這只是一場小小的誤會！」

我邊說邊輕撫他們兩個的背，試著讓他們恢復冷靜。

「細野只是稍微說錯話不是嗎？你們兩個先冷靜下來吧——」

——然而，我這句話反倒讓他們吵得更凶了。

「——不，我沒說什麼奇怪的話吧！可是她一直緊抓著這點不放……」

「——可是，那不是應該在女朋友面前說的話吧……！你太不體貼了！」

「——我只是覺得比起體貼女友，把話說清楚比較重要——」

……為什麼事情會變成這樣？

現在明明不是做這種事的時候，為什麼會變成這樣……

我想馬上逃離這裡。想丟下他們不管，回去處理惜別會的籌備工作。

可是，我不能這麼做。

這是因為——

「我就知道是這樣！」

柊同學──眼眶滿是淚水，大聲斥責細野。

「細野同學──其實你覺得秋玻比我可愛吧！」

「我不是那個意思！我是說在她們兩個之中，我覺得秋玻同學比較漂亮……」

──因為罪魁禍首就是我。

在跟他們兩個索取紀錄片要用的資料時，我試著問他們覺得我喜歡秋玻還是春珂──結果柊同學說是春珂，細野則投了秋玻一票。

到這裡都還沒有問題。他們兩位都有認真思考這個問題，現場的氣氛也很和平。

可是，問題就出在他們開始說明理由的時候。

細野不經意說出了這句話。

「──所以我覺得秋玻同學比較漂亮。」

讓整件事──開始往不好的方向前進。

柊同學表現出不悅。

細野沒有發現，繼續說下去。

柊同學很不自然地開始轉移話題。

細野沒有發現她的意圖，繼續說原本的話題。

結果——有人就爆氣了。

柊同學忍受不住，怒氣終於爆發。

她說：

「既然你一直說秋玻漂亮……那你乾脆去跟她交往不就好了嗎……！」

……然後，那種老套的情侶吵架就正式上演了。

不過，兩位當事人都是認真的。

不管是老套還是瘋狂，他們兩人都是認真地在吵架。

而我身為罪魁禍首，當然不能敷衍了事——

我拚命思考，在腦海中反芻他們的話。

「等、等等，我先確認一下！」

我一邊阻止他們吵架一邊確認細野的想法。

「細野……你只是覺得秋玻長得漂亮吧？這其中沒有戀愛情感，就只是客觀的評價對吧？」

「當然啊！我真的只有這個意思！」

細野維持憤慨的表情，深深點了點頭。

「我會這麼想也很正常吧！我到底說錯了什麼！」

「別生氣，你先冷靜一下！所以……柊同學——」

我這次轉頭看向柊同學。

「細野覺得秋玻漂亮這件事，妳應該也沒那麼討厭吧？妳現在生氣應該是為了其他理由吧……」

「嗯……因為我也覺得秋玻很漂亮。雖然有點吃醋，但這也怪不得他……」

——我就知道是這樣。

柊同學會生氣，並不是因為細野有這種想法，也不是因為他說出這件事……而是因為他的做法。

只不過——就算現在為此責怪細野也無濟於事。

他們兩個需要的是——

「那麼，細野，我跟你確認一下。」

我轉頭看向細野。

「你覺得秋玻和柊同學誰比較漂亮？」

「……咦？」

細野——顯然有些不知所措。

這個問題讓他眼神亂飄，臉頰染上一層桃紅色。

這傢伙難得表現出內心的動搖。

可是，我並沒有放過他。

「到底是誰？你覺得秋玻和柊同學誰比較漂亮？不用因為我也在場就有所顧慮，那只是你個人的感想，我不會在意。」

「這、這個嘛……」

說完，細野閉口不語。

他像是想找地方逃避一樣，從我身上移開視線。

令人無法喘息的沉默持續了一段時間。

「……當然是柊比較漂亮……」

然後他總算認輸，用幾乎聽不見的音量說出這句話。

「她們兩個相比，絕對是柊比較漂亮……雖然這麼說真的很對不起你就是了……」

聽到這句話——柊同學驚訝得睜大雙眼。

也許是沒有注意到她的反應，細野繼續說下去——

「應該說……我會覺得秋玻同學比較漂亮，也是因為她……跟柊是同類型的女生……因為那是我心目中唯一的基準……」

「……是、是喔……」

——一直不說話的柊同學開口了。

「原、原來是這樣啊……」

「嗯，就是這樣……我以為妳會明白我的想法……就是我在說這些話的時候……前提都是把妳擺在第一位……」

「這、這樣啊……我才是第一啊……」

「嗯……這不是理所當然的事嗎？如果不是這樣，我就不會跟妳交往了……」

「……是嗎？」

……

……

……

……這是怎麼回事？

他們兩個到底在演哪一齣戲？

現場的氣氛直接翻轉，細野和柊同學都忸忸怩怩地打情罵俏……

我該用什麼表情看著這一幕？

……不過，這也是我造成的結果。

事情會變成這樣，都是我用話語引導的結果……

我只是——一邊嘆氣一邊看著這對笨蛋情侶。

然後突然發現一件事。

所以——

「……對了。」

我下定決心，試著問看看。

「為什麼你們……可以確信對方在自己心裡很重要？」

——我說出這個問題。

正在曬恩愛的他們轉頭看過來。

「雖然你們也會吵架，卻不曾懷疑自己對對方的心意吧？為什麼你們可以很肯定地知道自己喜歡對方？這其中有某種原因嗎？」

——我無論如何都想知道這個問題的答案。

有別於不知道自己喜歡誰的我，他們兩個都很清楚自己喜歡誰。

為什麼他們可以這麼認為？難道他們之間發生過什麼事嗎？

可是——

「……」

「……」

……奇怪？

為什麼他們兩個都愣住了？

難道說……我問了什麼不該問的問題嗎……

這種意想不到的反應讓我有些不安——

「……啊、啊啊～～……」

——細野率先開口。

那個總是對人愛理不理的細野竟然發出沒出息的叫聲，用雙手摀著自己的臉。

「關於這件事……啊啊啊……」

「咦，喂……！你怎麼了！難不成有發生什麼讓你不願意想起來的事嗎……！」

「……那個～～」

在他身旁的柊同學面帶苦笑向我解釋。

「其實這是因為過去發生了許多事情……」

「……許多事情？」

「那個……我不是當過姊姊書中的主角嗎？」

「噢，嗯……」

——就跟她說的一樣。

這位柊時子同學在她姊姊柊TOKORO老師寫的小說裡，以主角身分登場過許多次。

我也讀過那部作品，書中描寫的纖細情感，我至今依然印象深刻。

「矢野同學……你應該也知道吧？在實際認識我之前，細野同學就看過那本書了……他是先喜歡上書中的我。所以，在我們認識以後，他一直很熱衷找我聊那本書……這讓我非常開心，很快就喜歡上他……」

「嗯，我知道。」

對她來說，這應該是一段令人開心的緣分吧。

說不定她根本沒有可以懷疑自己心意的餘地。

「……可是……」

柊同學再次露出苦笑。

「細野同學也變得搞不清楚自己是喜歡眼前的我還是書中的我……這讓我們兩個一度疏遠……可是，後來又因為姊姊寫的小說續集，讓他發現自己果然喜歡著我，也讓他重新體認到自己不是喜歡書中的我——而是現實中的我。」

「……嗯。我身為讀者，也覺得這個過程很令人感動。」

「……謝謝你。可是直到現在，這件事好像還是讓他很難為情……」

說完，柊同學露出羞怯的笑容。

「只要說到這件事，他都會臉紅……」

「……哎，重新提起過去的事情或許確實會讓人有些難為情吧。」

我苦笑著轉頭看向細野，決定繼續追問下去。

「……細野，我知道你很害羞，但還是想請教一下，你當時是怎麼想的？為什麼你會認為自己喜歡眼前這個女孩，而不是先一步在書裡認識的柊同學？」

當然——書中也有描寫細野當時的情感。他當時的想法與心情變化，全都有透過TOKORO老師細膩的文筆被描寫出來。

可是，我現在想聽聽本人的說法。不是透過故事裡的角色，而是讓細野本人說出他的心情。

細野還是用雙手摀著臉。

可是，他最後慢慢把手拿開，露出紅透的臉嘆了口氣。

「……你無論如何都要聽我說嗎？這真的很令人難為情……你一定要我在這裡說出來嗎？」

「這個嘛……我是不打算勉強你——」

「——你一定要說出來！」

——柊同學突然打斷我的話。

「你最喜歡的矢野同學正在煩惱！你一定要幫他的忙！」

……呃，柊同學，妳只是自己想聽吧？

妳只是把我當成藉口，想繼續跟他曬恩愛吧……

我想歸想，現在還是別戳破她吧……

因為我也想聽聽細野的回答……

「……因為我想看看她的未來……」

細野死心地嘆了口氣，用幾乎聽不見的音量這麼說。

「不是書中那個永遠不會改變的她……我想一直看著會不斷改變的她……」

「……嗯。」

「剛開始，這讓我感到很害怕……不知道該如何面對會不斷改變的她。可是，我還是無論如何……都想見證她的未來。」

——想見證她的未來。

總覺得這句話讓我莫名有感觸。

仔細想想——我以前可能一直都被過去的事情綁住了。

總是在思考自己過去對秋玻和春珂抱持著什麼樣的感情。

思考自己是懷著什麼樣的心情與她們接觸，以及懷著什麼樣的願望……

可是——我現在想通了。

我今後想怎麼做？我想看到什麼樣的她們？

這樣的觀點或許也不是不能存在……

……只是——

「哦、哦……原來你是這麼想的嗎……」

「是……是啊……」

他們兩個又開始在我面前放閃。

總覺得——眼前這一幕已經不只令人傻眼，甚至讓人想笑了。

感覺像是嘴裡被人塞滿砂糖一樣——讓我只能暗自祝福他們。

然後——我想到了一件事。

那就是試著換個方向徵求意見或許也不錯。

除了對我有好感的人，也該問問其他人的意見。

比如說——對我很嚴厲的人。

可以毫不客氣地批判我，對我展現出敵意的人——

……如果是這樣……

我想起某位最近一直沒有聯絡的女生。

＊

放學後的速食店，我坐在靠窗的座位上。

我有些緊張地等待約好要見面的人。

店裡擠滿男女老幼各式各樣的客人，因為天氣寒冷，路上行人都加快腳步。我的心跳也像在呼應他們走路的速度，似乎跳得比平常快。

自從文化祭結束……我就不曾見過她，應該有半年之久了。

在這段期間，我們連一次都沒碰面，也沒互相聯絡。

因此——當我用Line傳訊息給她的時候，我還以為會被她已讀不回，甚至是未讀未回。

然而，想不到她很乾脆地就回我訊息了。

『啊～～學長，好久不見～～♡』

『是啊～～我過得很好喔～～☆最近還交到了超級可愛的朋友呢！』

『那你呢～～？你過得好嗎～～？』

而且……她還很乾脆地答應這次的約會。

我一邊玩弄吸管的空袋子一邊心浮氣躁地思考。

……等一下會發生什麼事情？

我很久不曾跟那女孩聊天了……到底會是什麼樣的結果？

就在這時──

「──矢野學長～～！」

──從我背後傳來這樣的聲音。

那是充滿躍動感，聽起來就很愉快的可愛聲音。

我很久沒聽到這女孩的聲音了──

然後，我回頭一看。

「哈囉～～好久不見～～！」

「……」

──看著眼前的這位女孩。

她是我過去的戰友──庄司霧香。

可是，她的打扮讓我一時之間說不出話。

「……咦？怎麼了嗎～～？」

霧香發現我沉默不語，一臉不可思議地歪著頭。

「你怎麼都不說話？我身上有什麼奇怪的地方嗎？」

——不，她一點都不奇怪。

她跟我在半年前見到的時候基本上並沒有改變。

她身材嬌小，有著一雙貓眼。

嘴脣描繪出愉快的弧線，鬆垮的衣服也非常可愛。

那種小惡魔般的表情也跟當時一模一樣——嗯，她毫無疑問是我從國中時代就認識的朋友。

而這位庄司霧香——就是我今天找來徵求意見的對象。

可是——

「……啊啊，難不成～～！」

她露出恍然大悟的表情——輕輕抓起自己的頭髮。

「是因為這個嗎～～？呵呵，很可愛吧～～？」

——那是一頭金髮。

她以前原本留著一頭褐色中長髮，現在卻變成漂亮的金色短髮了。

「對喔～～這還是頭一次讓你看到我的新髮型～～」

說完，霧香探頭看向我的臉。

「怎麼樣～～？這髮型適合我嗎～～？」

——然後如此問道。

聽到這個問題，我幾乎是想都不想就這麼回答。

「很適合……這髮型非常適合妳……」

——真的跟她很搭。

那頭金髮就跟外國小孩的頭髮一樣亮麗。

非常適合她有些稚嫩的五官以及古靈精怪的個性。

真是太適合她了。

我反倒覺得——這才是她本來的樣子。

「太好了～～我好高興～～」

她邊說邊拿著飲料在我旁邊坐下。

然後一臉得意地甩動那頭金髮。

「我可是受到秋玻學姊和春珂學姊的影響，才會換成這種髮型喔。我發現鮑伯短髮很可愛～～才會想自己也試試看。」

「噢，原來如此。」

我記得霧香好像很欣賞秋玻與春珂的外貌……

不過，如果問我那頭金髮跟她們兩個像不像，我是覺得一點都不像。

就只有頭髮的長度可能差不多吧。

「對了，秋玻學姊和春珂學姊怎麼了？她們過得如何～～？」

「嗯，她們兩個都很好，現在正忙著籌備我們班的惜別會——」

我因為她的新髮型而受到震撼，不知不覺中變得不再緊張。

拜此所賜，我很順利地說出惜別會，還有想拜託她提供照片和影片的事情。

霧香不是我們就讀的宮前高中的學生，而是隔壁的御殿山高中的學生。她原本應該不可能會有我們二年四班的照片，但她可是文化祭的執行委員。

她或許認識負責在校內拍攝紀錄影像的人，也可能握有存取這類資料庫的權限。

「——事情就是這樣，如果可以，我想拜託妳幫忙……妳願意幫我這個忙嗎？當然，如果妳願意幫忙，我也會答謝妳的。」

「……是嗎？」

霧香愣了一下後，呼了口氣。

然後用感到有些無聊的語氣說：

「原來如此～只是這種事啊～～……」

「……什麼意思？」

「呃，特地把我叫出來，我還以為要說什麼更重要的事情呢～～比如說～～……」

說完，霧香探頭看向我的眼睛。

「……你已經跟秋玻學姊分手，想跟我交往之類的。」

「……想、想也知道不可能是那種事吧。」

那種彷彿要把我看穿的眼神讓我心頭一凜，好不容易才如此回答。

雖然我們真的在文化祭結束後就分手了，但我也不可能因為這樣就跟霧香交往。

……當然，霧香說這些話應該也不是認真的。

可是被她這樣一說，我還是免不了有些動搖。

哎……關於這件事，我確實有些需要反省的地方。

「……不過，我完全是為了自己才把妳叫出來也是事實。這點我要向妳道歉。」

霧香就住在西荻窪隔壁的吉祥寺。

我麻煩她特地跑來西荻，還犧牲自己放學後的時間，卻只顧著說自己的事。

這點確實很對不起她。

可是——

「哎呀～～我一點都不在意。」

說完，霧香搖了搖頭。

「我願意幫你收集紀錄片的素材。我有辦法存取文化祭的電子資料庫，只要取得許可，就會把資料分享給你。」

「真、真的嗎……？那真是太好了。不好意思，提出這種任性的要求……」

「沒關係啦，反正這又不會很麻煩。只是～～……」

霧香上半身趴到吧檯上。

只把臉轉過來——向我問道：

「你不是只有要談這件事吧～～？如果只是要談這種事，傳訊息跟我說一聲就夠了～～你還有其他想談的事對吧～～？」

聽到她這麼問——我差點忍不住笑出來。

……嗯，她果然很了解我。

霧香是個敏銳的傢伙，輕易就能看穿我內心的想法。

我至今依然對霧香的敏銳直覺有著絕對的信心。

正因如此——我才會想找她談談。

「其實，我有件事想聽聽妳的意見。」

「……是喔。」

好奇心又回到霧香放鬆的表情。

她挺起身體，微微皺眉——向我如此問道：

「那你想要什麼樣的意見？」

「——所以，我想知道妳有什麼看法。」

我把自己跟秋玻與春珂之間發生的事情告訴霧香。

然後單刀直入地問：

「妳覺得——我喜歡的是秋玻還是春珂？」

——我很想知道答案。

霧香會怎麼回答這個問題？

她對我們的關係有什麼看法？

可是——

「……」

霧香露出不知所措的表情，整個人都愣住了。

……咦、咦？她怎麼了？

我已經找過好幾個人討論這件事，但還是頭一次遇到這種反應……

……啊啊，難道是因為那些事太過久遠，她已經不記得了？

我們一起籌備文化祭活動是去年十月的事。

離現在已經過了將近半年，當時的記憶應該也變淡了。

而且我們還是被文化祭執行委員這種特殊的關係綁在一起。

要她做出判斷或許有些困難。

「……抱歉，如果妳沒有答案就算了。」

我趕緊這麼說。

「畢竟找妳討論這件事，完全就是為了我自己……不好意思，還麻煩妳特地撥空過來——」

「——不，我不是這個意思。」

霧香維持驚訝的表情打斷我說的話。

然後——她換上有別於平常那種輕浮態度的嚴肅語氣。

難掩困惑地對我說：

「……你竟然敢跑來問我這種問題……我真的很佩服你。」

「……哎，我也這麼覺得。」

……霧香說得沒錯。

我們兩個在國中時代確實發生過不少事情。

現在也算不上是單純的好朋友，關係十分複雜。

找這種人討論這種重要的問題——照理來說應該不可能。

可是——

「……我還是相信妳。」

我很明確地這麼告訴她。

「我相信妳聰明的腦袋與直覺。我對妳的這些優點很有信心，也覺得妳會毫無保留實話實說。所以……可以的話，我想聽聽妳的意見。」

「……唉……」

聽到我這句話——霧香無奈地嘆了口氣。

「……仔細想想，你從以前就偶爾會展現出這種強勢的一面呢，而且還有著讓人無法抗拒這種強勢的天真。」

「妳說我天真……我只不過是說出自己的真心話罷了。」

「……算了，這不重要。」

霧香微微一笑，然後露出沉思的表情。

「你想討論的問題，就是我覺得你現在喜歡的是秋玻學姊還是春珂學姊對吧？」

「嗯，妳覺得是誰？」

「讓我想想……」

霧香交抱雙臂，低頭看向吧檯。

她表現出認真為我思考的模樣。

看著她的表情與認真的態度，讓我發自內心覺得可靠。

如果霧香願意助我一臂之力——我肯定能發現之前沒能發現的事情。

……然而——

「……嗯～～」

「怎麼了……？」

「我總覺得有點奇怪……」

霧香難得給了一個不清不楚的回答。

「怎麼了？是因為那些事太久遠，讓妳想不起來了嗎？」

「不，不是這樣的……我還記得當時的事情，聽過你的說法，也明白你們現在的關係了……可是不知為何……」

然後——她露出不明所以的表情。

往我這邊看過來，小聲說出這句話。

「——我覺得她們兩個都不是。」

「……咦？」

「我總覺得你喜歡的……不是秋玻學姊，也不是春珂學姊。」

——我有一瞬間不知道該說什麼。

她竟然說兩個都不是。

這到底是什麼意思……？

「呃，妳的意思是……我沒有喜歡上她們之中的任何一個嗎？」

「不，我不是這個意思。我看過你在文化祭時的樣子，很肯定你正在談戀愛……」

「那妳的意思是，我同樣喜歡她們兩個嗎？」

「看起來也不像那樣，可是……我也不是很清楚。我不知道該怎麼說……」

霧香露出難得的表情。

那是發自心底感到困惑的表情。

也是連自己都無法理解自己感覺的表情——

然後她——對我說出了這句話。

「矢野學長……我覺得你不應該在她們之中做出選擇。」

——結束對話以後，我和霧香走出速食店。

因為已經來到西荻窪，霧香之後好像要跟朋友會合，在這附近玩過再回家。

我決定送她到她跟朋友約好碰面的地方。

『——我覺得你不應該在她們之中做出選擇。』

霧香說過的這句話讓我莫名在意。

說實話，我不懂這句話的意思。

我毫無疑問已經愛上某人，卻又不該做出選擇。

我不明白這是什麼意思，就連說出這句話的霧香也一頭霧水。

可是……

不知為何，我總覺得應該把這句話聽進去比較好。

因為這句話本身也有一些能夠觸動我的地方，我對霧香也有這種程度的信賴。

——庄司霧香。

這女孩總是帶著鐵面具，懷著驕傲奮戰不懈。

她有著敏銳的感性與直覺，所以總是有些孤獨。

我偷偷看向走在旁邊的她——心中有種說不上來的感覺。

在覺得她很可靠的同時……又有點擔心她。

這女孩會永遠這樣獨自戰鬥下去嗎？

她會掛著虛假的完美笑容面對這個世間，一直貫徹這樣的自我嗎？

如果是這樣，那種生存之道——實在是太過嚴苛了。

我明明沒有陪在她身邊，還主動跟她保持距離，可是……我還是忍不住想關心她。

然而——

「——啊，她來了～～！」

「——哎呀，真的耶。」

我們來到西荻車站前面。

有兩個非常漂亮的女生——就站在那裡——往我們這邊看過來。

霧香臉上立刻綻放笑容。

「──喂～理瀨！花蓮～～！」

霧香朝她們衝了過去。

看到她這種的反應──以及發自內心感到高興的輕快腳步，讓我有些驚訝。

可是……這也是理所當然的事。

愣了幾秒後，我總算理解了。

現在離我和霧香一起度過的國中時代已經過了整整兩年。

根本不需要我擔心，霧香也能交到值得信賴的朋友。

她們肯定──都是真正有資格站在她身邊的重要朋友。

「矢野學長，那我們下次再見吧～～！」

霧香回過頭，對我露出稚氣的笑容。

「我最近就會把檔案分享給你。要是你那邊有什麼進展，記得告訴我喔～～！」

我看著這樣的她。

「嗯，謝謝妳！那就麻煩妳了！」

然後說出這句話，使勁向她揮手道別。

＊

——過了幾天。

在我建立的影片素材資料夾裡——已經有充分夠用的檔案。

資料夾裡整齊排列的圖片和影片數量將近一千。

光是要把這些影像全部看完就已經很累人了，當我發現這件事時還忍不住懷疑自己的眼睛。

這樣……就能讓全班同學都出現在影片裡了。

我還能從好幾張照片之中挑出拍得比較好的照片。

班上發生過的重要事件，例如文化祭結束與教育旅行剛開始時的大合照，也全都放在這個資料夾裡面……嗯，這些素材真的無可挑剔。

實在很感謝願意幫忙的大家……

只是——這也造成一個結果。

那就是紀錄片的製作過程變得非常困難。

不光是選擇素材有難度，影片的剪輯工作也看不到終點。

如果是簡單的影片，我應該可以輕易完成。可是，我想用心把這部影片做好。大家幫了我這麼多忙，我不想拿出半成品交差。

順帶一提……秋玻與春珂的健康檢查好像會比本來預計的時間久。

她們還是無法在放學後撥出時間，上學也經常遲到，甚至直接請假。

考慮到她們的情況，這或許是理所當然。

她們兩人現在的對調時間只有二十分鐘多一點，應該需要經常做檢查吧。

只不過，這樣實在教人擔心。

她們應該沒事吧？她們做了什麼樣的檢查？檢查結果又是怎樣……

此外——因為她們兩個不在，我當然只能自己一個人製作影片。我不但要擔心她們的現況，還因為不習慣做這件事而睡眠不足，每天都在跟筆電苦戰。

結果——有人看不下去了。

古暮同學把Ｏｍｏｃｈｉ老師叫來，請她幫我製作影片。

在俱樂部演奏時需要背景，把樂曲上傳到網路也需要影片，所以她好像平常就有在製作影片。她還說可以幫我製作簡單的背景音樂，讓我在她面前實在抬不起頭。

製作時程抓得很緊，但應該可以做出能讓大家為之驚艷的紀錄片……

——還有就是秋玻跟春珂商量之後，又找了幾位班上同學談過，最後決定把會場定為卡拉ＯＫ。

考慮到大家可能會因為玩得太開心而大聲吵鬧，還是應該選擇卡拉ＯＫ。

我們也不想擔心會超出限制時間。就算花費會稍微增加，還是覺得卡拉ＯＫ店比較合適。

因此，我們打電話訂好包廂了。

剩下的事情就只有完成這部影片——

——時值三月下旬的放學時間。

就在結業典禮的前一天，發生了一件事——

＊

「——身體檢查，真是辛苦妳了。」

這週末就是惜別會了。今天是星期二，明天就是第三學期的最後一天。

我們在放學後來到社辦。

我先對今天上學也遲到的秋玻說出這樣的話。

「這段期間的檢查應該已經告一段落了吧？」

「是啊，總算結束了……」

秋玻看起來非常疲倦，用手拄著臉頰。

「這次拖了好久……因為還有許多必須自己思考的問題……真的很累人……」

「是啊。我光是去做一次檢查就覺得很累了，妳還連續好幾天都去……」

「我從以前就是這樣，所以早就習慣了。」

秋玻苦笑。

可是，這時她露出了猛然驚覺的表情。

「話說，抱歉，這段期間有很多事都是你在處理……進度上沒問題嗎？」

「嗯，總算是勉強趕上了……多虧有Ｏｍｏｃｈｉ老師的幫忙，影片好像也快要完成了。」

「這樣啊……太好了。如此一來，嗯，我就放心了……」

秋玻露出鬆了口氣的表情，把視線移向窗外。

然後，她輕輕呼了口氣，繼續看著西荻的街景說：

「……終於要到了呢。」

秋玻用十分感慨的口氣這麼說。

「明天就是結業典禮……高中二年級就要結束了。後面還有一場惜別會……到時候

「這個學年就真的結束了……」

「……是啊。」

聽到她這麼說，我也深深吐了口氣。

「我們今後……會變成什麼樣呢？」

秋玻斷斷續續地說下去。

「不知道我們明年還能不能同班……畢業之後又會變得如何？我們會不會考上不一樣的大學，只能談遠距離戀愛……」

「嗯，可能性應該不是零吧……聽說千代田老師和野野村先生也是因為這樣，有段時間都是遠距離戀愛……」

「你說得對。而且雙重人格也要結束了，這種狀態肯定持續不了多久……」

——然後……

「……矢野同學，我有件事要告訴你。」

秋玻先對我這麼說——然後清楚地說出結論。

「——聽說結果已經無法預測了。」

「——這是主治醫師告訴我的。他說雙重人格很快就會結束，而且八成會在三年級開學之前就結束。可是，關於到時候會發生什麼事……以現在的狀況來看，就連要建立假說都很困難。」

——我的腦袋完全當機了。

她一副理所當然的樣子，在聊天的時候說出這件事。

可是，這件事——

實在——太重要了。

這是關係到秋玻與春珂的未來的重要事情。

我的心跳猛然加速。

凍結的思緒也開始慢慢動了起來。

然後——

「妳、妳的意思是……那個……」

我勉強從口中擠出這些話。

「我們原本的認知……已經完全瓦解了嗎？醫生原本是說春珂遲早會消失。這種危機意識在我們心中已經有些變淡……但現在連醫生都無法斷言會是這種結果了嗎？」

「就是這麼回事。」

秋玻很乾脆地這麼說。

「當時是因為我們兩個的關係與處境，才讓醫生得到那樣的結論。可是，現在的情況不一樣了。春珂拚命過活，周圍的人也都很珍惜她，結果——就是讓醫生無法斷言她會消失……所以，現在根本沒人知道最後會是什麼結局。」

——乍聽之下，這似乎是個好消息。

聽起來像是她們有機會迴避不幸的未來，也像是春珂有機會得救。

只不過——事情並沒有那麼單純。

雙重人格遲早會結束，她們兩人對調的時間也變短了。

既然如此——

「……醫生真的不知道嗎？」

我怯怯地問秋玻。

「就算無法斷言，應該也能提出各種可能性吧？比如說，有可能會發生這種狀況之類的……」

「……關於這件事，醫生好像真的沒辦法說什麼。」

秋玻終於轉頭看向我，露出傷腦筋的笑容。

「這好像是因為我們兩個的關係還不穩定，接下來發生的事將會大幅影響結果。當人格統合在一起，我們當下的心情也會造成影響……」

……當下的心情也會造成影響嗎？

這點今後確實——可能會有很大的變化。

她們兩個是如何看待對方，又是如何看待自己。

這點肯定每天都會改變，現狀只不過是一個指標——

「而且這段時間會發生的事有著無限多種的可能性。事實上，當其他雙重人格者的人格統合在一起，好像也會出現各種不一樣的狀況。結果可說是千差萬別，也有可能發生過去不曾有過的狀況……所以，醫生認為現在最好不要讓我為此感受到壓力，要是隨便提出各種可能性，結果對我的日常生活造成阻礙，反倒會變成問題。」

「原來如此……」

經她這麼一說，我覺得醫生或許是對的。

就連我這個外行人都能想到各種可能發生的狀況。

可是——這會讓人無法擺脫那些臆測。

一旦被那些可能性占據整個腦海，就會讓人不管做什麼事都變得提心吊膽。

這會讓人很難按照過去的模式跟她們相處。

……如果是這樣……

如果她們的未來充滿變數——

「……抱歉，跟你說這些。」

秋玻探頭看向我的臉，一臉愧疚地這麼說。

「我原本就給你添了許多麻煩，現在又讓你面對這麼麻煩的問題……可是，我覺得不告訴你這件事也不行……」

面對這樣的她——我……

面對看起來非常難過的秋玻，我——

「……妳在說什麼傻話，別放在心上。」

我刻意露出笑容，盡可能用輕鬆的口氣如此回答。

「我一點都不覺得麻煩，妳願意告訴我這件事讓我很開心。謝謝妳。」

「……矢野同學……」

秋玻板起的臉總算稍微放鬆了。

「……不過，既然如此——」

我從椅子上站起來，走到窗邊往外看。

「我們就盡量保持平常心，自然地度過每一天吧。要是我們太在意這件事，感覺也很奇怪吧？我覺得讓妳們保持過去的生活才是最好的做法。所以……可以的話，我們就讓一切維持原狀吧。」

說完，我又稍微想了一下，然後如此補充：

「……如果妳實在很難過，隨時都可以向我訴苦。」

「……我知道了。謝謝你。」

秋玻揚起嘴角，對我點頭。

「我也會這樣告訴春珂的……真的很感謝你。」

「不客氣。」

——這是一段寶貴的時間。

從現在開始到雙重人格結束的這段時間，對我們來說將會非常寶貴。

既然如此——我想跟秋玻之前說的一樣，盡量做個可以感到自豪的人。

在這段既短暫又特別的時間，我不想留下遺憾。

所以——

「……呼……」

——我做了個深呼吸，重新整理好心情。

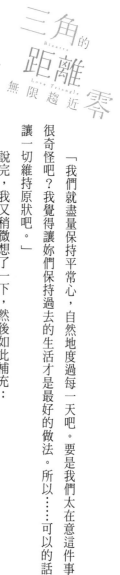

我要在她們兩人面前保持笑容。

為了把這段時間與她們的身影烙印在腦海，我想讓自己保持優雅與從容。

因為野野村先生已經告訴我這麼做的意義了——

然後——就在這個時候。

我褲子口袋裡的手機震動了。

「……嗯？是卡拉ＯＫ店打來的。不知道是什麼事……」

螢幕上顯示的來電通知讓我覺得奇怪，向秋玻說了聲抱歉後便按下通話鈕。

說不定對方要跟我確認關於惜別會的事。

離惜別會當天只剩下五天。或許是店家在準備場地的過程中出了點狀況。

然後——我跟電話另一頭的店員交談了一段時間。

切斷通話後，我轉頭看向秋玻。

「……怎麼了？對方是要確認預約內容嗎？」

說完——秋玻歪過頭。

「……場地不能用了。」

我簡單扼要地——說出店員告訴我的事情。

「對方說在準備場地的時候發生意外……包廂破損，無法使用了……」

第三十三章
Chapter.33
【我變了】

「——現現現現、現在還不到需要慌張的時候！」
十幾分鐘後。
與秋玻對調的春珂聽我說明現況後——立刻表現出慌張的模樣。
「反正離活動當天還有五天……還有很多方法可以補救……我、我們要冷靜處理！對吧！」
「喔、嗯，是啊……」
……不過，她看起來已經完全慌了手腳。
我從來沒看過她這麼慌張……但還是別把這件事說出來吧。事實上，在這種時候遇到會場無法使用的狀況，算是相當大的危機。
「話說回來，會場居然會在這種時候損壞……為什麼會發生這種事……」
「你想，我們去現場踩點的時候，那裡不是擺著不少備品嗎？」
我一邊回想當時看到的會場一邊對春珂這麼說。
「聽說是店家在搬動備品時打破了玻璃。因為那個包廂位在六樓，就算想找人來修理，也沒辦法馬上找到業者，實在來不及在活動當天之前修好。」

「唔唔，原來如此……那就真的沒辦法了。」

「是啊。幸好當時沒人受傷，算是不幸中的大幸。」

「這樣啊，可是……可是，我們接下來該怎麼辦呢……」

「是啊，我們需要思考一下這個問題。」

「嗯……」

她稍微想了一下——「對了！」露出靈機一動的表情。

「啊！那間店不是還有其他包廂嗎！我記得那間店非常大，難道我們不能改借其他包廂嗎！」

「這點我已經跟店家確認過了，對方說同樣大小的包廂就只有那一間，所以沒辦法改借別間。對方還為此向我道歉。」

「嗚……那我們就找別家啊！例如上次那間家庭餐廳！除此之外，應該還有好幾間店可以找吧！」

「其實……我剛才跟秋玻分頭打電話問過了，結果全都不行。」

「全……全都不行嗎！」

「嗯，這個時期好像有許多學生都想借用這種地方，活動當天已經到處都找不到場地了。我打電話問過以前合作過的所有店家，就連吉祥寺和荻窪那邊的店家都有考慮進去，但情況還是不樂觀……」

老實說，我還以為情況不會這麼糟糕。

以為只要做好場地可能變差或設備稍微變簡陋的心理準備去找，應該就可以找到還沒被借走的場地。

我太天真了。

我完全低估了畢業季的威力。

我們這些高中生自不待言，已經找到工作的大學生與附近的企業似乎也經常在這段時期舉辦惜別會。這麼說絕不誇張——我真的找不到任何場地。

「那、那麼……我們該怎麼辦？」

「我們該在哪裡辦惜別會……？難不成……要中止嗎？」

說完，春珂原本焦慮的眼神甚至已經開始變得渙散。

……哎，也難怪她會有這種反應。

事實上，我們已經束手無策了。

我們現在的處境可說是非常不妙。

時間根本不夠用，而且明天還是結業典禮。

我們必須在這種狀況下找到新的會場，並且取得大家的同意——

可是——

「……矢野同學？」

春珂——一臉不可思議地看向我。

「怎麼了？總覺得……你看起來不是很緊張……」

——春珂說得沒錯，我確實比她冷靜。

不但如此——我甚至感到有些興奮。

因為——

「我覺得……這是個好機會。」

「……好機會？」

「沒錯，就是讓這場惜別會變得更棒的好機會。」

——換作不久前的我，絕對不會有這種想法。

我可能會比春珂還要焦慮，完全無法解決這個問題。

可是——我現在是這麼想的。

如果局勢完全翻轉，我只要把活動辦得比之前更好就行了。

如果事情無法照計畫進行，我只要利用這點就行了。

「老實說——原本的計畫有個讓我不滿意的地方。」

「不滿意的地方？有嗎……？」

「我總覺得可以把這場活動辦得更特別，總覺得可以把活動辦得更好……」

「這、這樣嗎？」

春珂似乎感到很意外，傻傻地這麼問。

「我手上也有你做好的紀錄片……我覺得這樣已經夠特別了……」

「嗯，這場惜別會確實原本就不算差。」

這部紀錄片做得比我原先預期的好。

我想光靠這部紀錄片，應該就能讓大家對這場惜別會印象深刻，遠勝過其他班級聚會。如果把完成的影片發送給大家，大家以後也就能夠隨時欣賞。

即使如此——

「……我還想再多下點工夫，才會覺得這或許是個好機會，可以成為讓這場惜別會變得更好的契機……」

「這樣啊，嗯……或許你說得對……」

春珂露出還沒完全釋懷的表情，向我點了點頭。

她明白我的想法，但心情還沒來得及調適。

然後——

「……那我們到底該怎麼做呢？」

——她當然會問這個問題。

沒錯，這就是問題的關鍵。

我們到底該怎麼找到會場？

該怎麼把活動辦得比之前更好？

於是，我輕輕吸了口氣。

然後簡單扼要地告訴春珂——

「——我還沒想到。春珂，妳有什麼想法嗎？」

「咦……？」

春珂大聲叫了出來。

「你還沒想到……？你不是已經有想法了嗎！」

「噢，嗯，我也是剛剛才知道卡拉ＯＫ店不能用啊。」

「難道你沒有任何主意，也沒有其他備選方案嗎……！」

「目前還沒有……」

聽到這句話，春珂臉色立刻變得鐵青。

然後——

「……沒救了～～～！」

她叫了出來——直接趴在桌上。

「我們只能放棄舉辦了！嗚哇啊啊啊啊啊！」

……哎，這件事確實有難度。

五天後就是週末，光是要預訂能夠使用的會場應該就很困難了。

因為是班級聚會，要是會場離西荻太遠，應該也會造成問題。

然而——考慮到剩下的時間，我們只能現在做出決定。

我們只能現在就確定方向，然後立刻展開行動——

「……現在該怎麼辦？」

我交抱雙臂，思考這個問題。

有什麼辦法可以解決問題？我們現在可以做些什麼？

……我想起前陣子發生的事情。

就是跟野野村先生和TOKORO老師去吃飯時發生的事。

我在當時看到的那場婚禮毫無疑問非常特別。

那場婚禮並非只有沿襲現有的模式，而是一場出自他們之手，只屬於他們兩人的活動——

——到底是什麼地方不一樣？

我們籌備的惜別會與野野村先生和千代田老師的婚禮差在哪裡？

這兩者之間的差別到底是什麼……

這個問題——讓我思考了幾十秒。

「——噢，我想到了。」

沒想到——我很快就想到一個好主意。

「什麼嘛，對喔……還有這一招啊……」

我想到的方案其實非常簡單。

這麼做確實有些亂來。照理說，這種想法應該不被允許。

可是——現在去做應該可行。

在這種狀況下，應該有辦法強行實現這個計畫。

既然如此——明天就是決勝的關鍵。

我要在結業典禮之後採取行動——

「——春珂，我想到了。」

然後——我開始向春珂說明整個計畫。

*

——校內集會總是令人無聊。

不管是每週都有的全校集會，還是偶爾會舉辦的臨時集會都一樣。

對運動不感興趣的我實在不曉得自己該懷著什麼心情參加運動社團的壯行會，開學典禮更是無聊至極，長假才剛結束的輕鬆氛圍與校長千篇一律的致詞，讓我好幾次都差點睡著。

可是——在意外狀況發生的第二天。

在體育館舉辦的學年末結業典禮還是讓我有些感觸。

表面上，二年四班將會在今天走入歷史。

為了邁向各自的未來，班上同學將會分道揚鑣。

千代田老師也不再是我們的班導，不知道明年跟我們會是什麼樣的關係。

二年四班的隊伍就位在體育館正中央。

學號排在最後的我站在隊伍最尾端——不慌不忙地看著班上同學的背影。

一年前的開學典禮那天，這些背影讓我感到相當陌生。

這些學生對當時的我來說都還只是外人。

可是——現在不一樣了。

在我眼前的每一道背影都讓我感到親近。

明明大家都穿著一樣的制服，現在的我卻能輕易看出是誰的背影。

我能清楚地想起自己跟他們之間在這一年共同經歷的事情。

而我們現在必須告別二年四班這個團體——

就只有今天，連校長的致詞都讓我有些感動。

我懷著感傷跟眾人一起唱校歌——然後結業典禮結束了。

接著——我們回到教室。

再來還有一場班會，今天就沒有其他事情了。

身旁的同學都在談論下個學年。

「——終於要變成考生了～～我現在壓力好大～～……」

「——我前陣子才剛找到補習班，看來要拚命用功才有希望了～～……」

「──我真的不想跟這個班級和這群朋友分開……希望大家可以再次相聚。」

明顯垂頭喪氣的人就只有須藤，其他人看起來都跟平常差不多，還能談天說笑，表現出心平氣和的樣子。

畢竟我們又不是要畢業。

大家並非絕對無法再見面，所以這也是理所當然的反應。

可是──我總覺得現場的氣氛還是能讓人隱約感到一絲寂寞。

班上同學的表情也充滿感慨，應該是因為我自己正懷著這種心情看著大家吧──

千代田老師走進教室，最後的班會也正式開始。

她先對整個二年四班發表致詞。

「──對我個人來說，今年是獲益良多的一年。」

她開始說出自己的感想。

「──不知道對各位來說，今年又是怎麼樣的一年？」

「──如果今年對你們是很棒的一年就好了……」

──我過得很開心喔！

——百瀨老師！謝謝妳！

跟老師感情很好的女學生在講台下這麼喊道。

千代田老師聽得眼眶泛淚。

可是，她還是露出笑容。

「——可以跟你們一起度過這段寶貴的時間，我非常開心。」

「——不過，我們的關係並非到此結束。」

「——我或許不再是你們的班導，畢業後，我或許也不再是你們的『老師』。」

「——即使如此，我們還是曾經一起度過這段時間。」

「——要是大家遇到什麼問題，請儘管來找我商量。明年也好，後年也好，就算大家都出社會了，我也樂意奉陪……」

然後——千代田老師的致詞結束了。

教室裡響起一陣掌聲。

她最後又對全班說了一些話，二年四班的這一年就結束了——

「——矢野！等一下要不要一起去吃飯？」

地點是班會結束後的教室。
當我在吵鬧聲中整理東西時，須藤過來找我說話。
「因為之後還有惜別會，我想避免太多人參加，只想找平常一起吃飯的成員，大家一起去吃頓午飯……你要去嗎？」
「喔，好啊……嗯，我也想去。」
既然說是平常一起吃飯的成員，那就是我、修司、須藤、秋玻與春珂了。
還有就是細野和柊同學吧。
我們這群人明年應該也會很自然地聚在一起，但還是想趁大家還是二年級生時，最後再聚餐一次。
只是——
「順便問一下……我可以晚點到嗎？」
我向須藤這麼問。
「其實我等一下還有惜別會的準備工作要做……」
「嗯，當然沒問題。」
須藤點頭如搗蒜。
「你們三個都會晚點到吧？」

「不……有事要做的人只有我。我還得去跟對方交涉才行。」

「哦～～都已經到了這種時候，事情還沒談妥嗎？真是辛苦你了……」

須藤擔心地皺起眉頭。

可是，她馬上就換了表情。

「我明白了。我們應該會到這附近的家庭餐廳吃飯。等我們決定好要去哪間店，就再跟你說一聲～～」

「嗯，麻煩妳了。」

須藤對我揮手道別，我也對她點頭示意。

目送她的背影離去——我做了個深呼吸。

好啦……我也差不多該準備去跟對方交涉了。

*

——我獨自在社辦打發時間，待了三十分鐘左右。

班上同學應該差不多都離開了吧。在這個時間點——我獨自回到教室。

二年四班的教室看起來比平時空曠。

我們剛才明明還待在這裡，但這裡現在已經不再屬於我們了。

貼在牆上的告示全被撕掉，學生的私人物品也都各自帶回家了……這裡已經變成一間十分平凡，毫無特色的教室。

跟過去完全一樣的頂多只有從窗戶看出去的西荻街景。

仔細想想——我遇見秋玻與春珂的地方也是這裡……

然後現在——

「……矢野同學？」

——千代田老師還在這裡。

她站在講台上，一個人茫然看著教室。

我隱約覺得她會在這個地方。

總覺得她會在空無一人的教室裡回想過去這一年的事——

而我——想找她商量看看。

我有個不合理的要求，想拜託她替我們實現——

「怎麼了？你不跟大家一起去吃飯嗎？」

「對，因為……我有些話想對妳說。」

在她沉浸於感傷時打擾她讓我過意不去，但這件事情必須盡快進行。

而且——我也只能拜託她幫忙。

「……我有種不好的預感……」

也許是從我的表情察覺到了什麼，千代田老師露出苦笑。

她果然厲害，連這種奇怪的氣氛都能輕易察覺……

「抱歉，妳猜得沒錯。我有個強人所難的要求。」

「強人所難的要求啊……想不到會在最後突然遇上這種大麻煩……」

「不好意思，直到最後都還要給妳添麻煩。」

「……不，沒關係。你不用道歉。」

千代田老師似乎放棄抵抗，往我這邊走過來。

她在附近找了張椅子坐下。

「我會聽你說，我們先坐下來吧。」

然後指向我附近的座位。

——我們談了三十分鐘左右。

交涉結果——就跟我希望的一樣。

當然，千代田老師有些不情願。

這也是理所當然，因為我的要求不太合理，讓身為老師的她很難點頭答應。

可是——

「……不過，這確實是個好主意……」

——老師露出傷腦筋的笑容。

「要是我不肯答應，大家應該都會失望吧……我真想幫忙實現這件事……」

然後——千代田老師思考了一下。

總算下定決心。

「……好，嗯！我明白了！我答應你！我會去跟學年主任商量看看。他肯定會答應這個要求……」

「……真的很感謝妳願意幫忙。」

我輕輕吐了口氣，肩膀總算能放鬆了。

「妳能答應幫忙真是太好了。要是連這邊都行不通，我就真的束手無策了……」

「是啊……你們也真倒楣，會場竟然會突然不能使用……」

「我也這麼覺得……」

說完，我稍微想了一下。

「……幸好我們的班導是妳。希望我明年也能被分到妳負責的班級……」

……其實我這句話有點像是試探。

下個學年的分班結果與班導肯定早就決定好了。

而千代田老師當然已經知道結果，只要我這樣套話，說不定就能得到提示。

雖然現在談下個學年的事還太早，但我還是很在意結果……

……然而——

「還沒決定喔。」

千代田老師很乾脆地這麼告訴我。

「下個學年的分班結果還沒出來。」

——這句話聽起來不像是騙人的。

我看她說得很輕鬆，感覺就是事實。

「是、是這樣嗎？我還以為這種事情都會很早就決定……」

「嗯～～其實這種事經常會在最後一刻才決定，四月以後才宣布各班班導是誰也不是什麼稀奇的事。」

「這樣啊……」

「……更何況……」

千代田老師換上正經的表情。

「——這次校方並不確定水瀨同學會變成怎樣。」

她沒有含糊其詞，毫無隱瞞地坦白告訴我。

「因為不曉得秋玻同學和春珂同學會變成怎樣……校方還沒辦法做出決定。」

「……原來如此。」

——她們兩人現在的對調時間已經少於二十分鐘。

她們以過去沒有過的速度頻繁對調——讓我切身感受到雙重人格的終點就在眼前。

以現在這種狀況，想要替她分班確實有點難度。

既然不確定她們會變成怎樣，校方也無法得知下個學年該如何對待她們。

「其實……那一刻隨時都有可能到來。」

千代田老師小心翼翼地選擇該說的話。

「就算她們的人格今天就開始統合也不奇怪。以現在的狀況來說，任何事情都有可能發生在她們身上。所以……如果她們跟你在一起時出現變化，請你不用有所顧慮，直接通知我們大人吧。不管是要通知我還是水瀨同學的父母都行。」

「好……我知道了。」

「還有就是，你最好也別讓自己留下遺憾。既然不曉得會發生什麼狀況……就必須做好那方面的心理準備。」

「……這我明白。」

——後悔。

要是她們兩個出了什麼狀況，我肯定——會感到後悔吧。

在無法確定自己喜歡誰的情況下就讓這一切結束，我一定會深感後悔。

——可是，只差一點了。

再給我一點時間，我就能找出答案。我有這樣的預感。

跟許多朋友談過以後，我心中開始浮現明確的答案。

就連霧香給我的意見都幫上了大忙。

所以，只差一點了。

只要再給我一點時間……

——我想著這些事情。

就在這時，手機急促地震動了好幾次。好像是Line收到訊息的通知。

我看向手機螢幕——

伊津佳：『我們進到店裡嘍～～！地點是高架橋底下的薩莉亞。』

伊津佳：『（小狗吃狗糧的貼圖）』
修司：『我們會等你，你不用急著過來。』

手機通知欄跳出這樣的訊息。
然後又陸續跳出新訊息。

柊時子：『辛苦你了……春珂很擔心喔。』
水瀨：『矢野同學……要是有結果了就馬上告訴我喔……』
細野：『（所有人都坐在位子上的合照）』

——嗯，我也差不多該過去了。
我不能讓這群朋友繼續等下去。
只是……我突然想到一件事。
就是千代田老師說我可能會後悔。
我能把這件事放在心上，知道這可能是我們最後相處的時光，懷著不讓自己後悔的想法跟秋玻與春珂相處。

可是——

這群朋友又是如何？

須藤、修司、細野和柊同學都不知道這件事。

他們只能在完全不知情也沒有心理準備的情況下迎接那一天——

「……老師。」

——然後……

我把此時此刻想到的事情告訴千代田老師。

「在這場惜別會的最後，我有件想做的事……」

「嗯，什麼事？」

千代田老師疑惑地歪著頭。

我——先用這句話開頭。

「——公私不分的事情。」

第三十四章

Chapter.34

【橡實】

「──真的要在這裡舉辦嗎……？」

「──就是說啊，感覺真是不可思議……」

「──真虧你們有辦法取得許可……」

──今天是週末，也是舉辦惜別會的日子。

來到集合地點的班上同學──開始議論紛紛。

大家都表現出既困惑又興奮的奇妙反應。

看著他們的模樣──我有種自己的策略逐漸走上軌道的感覺。

嗯……他們說得沒錯。

在這種時期來到這個地方的機會並不多。

連我都覺得有點新鮮。

如果懷著這種心情抵達會場──大家肯定都會大吃一驚。

「……好，時間差不多了。」

拿出手機確認集合時間到了以後，我這麼告訴大家。

雖然有幾個人還沒到，但幾乎所有人都到齊了。更重要的是──會場就在「那個地方」，大家不可能迷路，我們先走一步也沒差。

「我們出發吧。」

我對二年四班的眾人如此宣布後——踏進那棟建築物。

然後引領所有人走進今天的會場。

——走進這棟建築物以後，所有人都換上室內鞋。

然後，我們爬了幾次階梯，在走廊上走了一會兒——來到今天的會場。

「……喔、喔喔喔～！」

不知道是誰發出這樣的驚呼聲。

「太棒了……！這裡就跟文化祭當時一模一樣！」

「你們看！這裡貼滿了教育旅行的照片耶！」

「咦，裡面好厲害……！感覺好像咖啡廳喔！」

「話說，那個……不是ＤＪ臺嗎？就跟共同舞台活動那時一樣……」

——這裡是教室。

我所選擇的惜別會會場，就是記錄著這個班級過去歷史的——二年四班教室。

比如說，教室裡有塊地方跟文化祭當時一樣，被改造成咖啡廳了。

幸好倉庫裡還留有一些當時使用的大型道具，於是就被我們借來使用。

靠著這些顏色鮮豔的木板與從真正的咖啡廳借來的食品模型，我們盡可能重現了文化祭當時的樣子。

而且旁邊還有教育旅行照片展示區。

關於這塊展示區，因為我們不可能把當時參觀的城鎮搬來這裡——就把照片放大列印出來貼上，再從當天的照片中列印出幾名學生的等身大照片，像人型立牌一樣立起來，試著讓人感受到當時的氛圍。

教室裡不但裝飾得像派對會場，還重新擺設桌椅，讓大家容易坐在一起用餐。

飲料與食物——則是由古暮同學家開的咖啡廳提供。大家可以隨便點飲料，除了已經擺在桌上的食物，還有一些可以單點的品項。

——另外，今天還有個特別的驚喜。

會場的背景音樂將由Ｏｍｏｃｈｉ老師在ＤＪ臺為大家演奏。

她已經事先把在二年四班流行的歌，還有秋玻在文化祭演唱的歌以及其他各式各樣充滿回憶的歌曲拿去混音，準備用不會打擾大家交談的音量播放出來。

除此之外，牆上還貼著我們大家的生活照。

有平凡的教室風景——

有運動會的一幕——

有大家一起放學回家的黃昏景象——

——到最後，我覺得這裡才是最好的會場。

就像千代田老師和野野村先生在那個瞭望台舉辦婚禮一樣。

對我們二年四班來說，沒有比教室更充滿回憶的地方了。

學校已經開始放春假。

再過幾天就要進入四月，我們將會正式成為三年級生。

也就是說，這間教室——可以說已經有一半不屬於我們了。

讓二年四班的大家再次來到這裡。

在這裡一邊回憶這一年的點點滴滴一邊度過快樂的時間——這就是我的想法。

——這或許不是什麼奇特的想法。

能想到同樣主意的人或許也不少。

即使如此，只要我們全力去做，肯定能讓這場惜別會變成大家寶貴的回憶。

——至少我是這麼想的。

然後——我的想法似乎是對的。

「——喔喔～～這裡太棒了！」

「咦？還有背景音樂嗎！而且那個人不是在文化祭表演過的……好猛……！」

「——在這裡辦惜別會……實在讓人有點感動……」

走進教室的同學開始如此議論。

「——還能來到這裡，感覺有點不可思議呢……」

「——就是啊，我已經開始覺得懷念了……」

「——應該會提供飲料吧？我肚子有點餓了……」

「這部分就交給我吧！」

面對這樣的疑惑，古暮同學開口回答：

「這次是由我們家開的店負責提供食物！餐點都跟在店裡製作的一樣，保證好吃喔！來，菜單給你們！」

說完，她開始把為了今天特別製作的手寫菜單發給各桌。拿到菜單以後，學生們再次發出一陣歡呼。

然後——所有人都坐在各自的座位上。

主辦這次活動的春珂也開始向大家致詞。

「……呃、呃～那個……大家好，今天天氣很好……」

——她超級緊張。

春珂走到講台上，轉身面對大家——緊張得連我這個旁觀者都替她擔心。

她表情緊繃，額頭冒出冷汗，說起話來結結巴巴。

「呃，為了這場二年日……四班的惜別會……我們努力做了這靴準備……希望大家喜翻……」

……情況看起來不太妙。

或許我該早點伸出援手……

早就入座的我下定決心準備起身。

「——喂喂喂，妳還行嗎～？」

「——需不需要我來代替妳致詞啊～？」

就在這時，底下的同學們大聲吐槽。

教室裡爆出一陣笑聲，緩和了現場僵硬的氣氛。

春珂似乎也因此稍微放輕鬆了。

「……今年真的是非常幸福的一年。」

她稍微清了清喉嚨，用比剛才平靜的聲音繼續說：

「所以，我希望大家能在這一年的最後一起玩個痛快。我跟班上某些人不太有機會說話……也希望趁著今天的機會跟那些人聊聊。所以，請大家不用客氣，盡量來找我聊天吧。」

說完——春珂拿起放在旁邊的飲料杯。

然後重新露出有些緊張的表情。

「……那我們……就來乾杯吧。」

——聽到這句話，班上所有人都拿起了杯子。

四十多個人全都看著春珂。

她有一瞬間露出畏懼的表情——還是勉強鼓起勇氣。

她舉起杯子，用目前為止最大的音量這麼說：

「那麼——乾杯～～！」

——在場眾人一起大喊：「乾杯！」

於是——

我們二年四班的惜別會正式開始——

＊

——這場惜別會比我預期的還要熱鬧。

因為春珂在乾杯的時候，建議大家去跟以前很少說話的人交流，讓會場上出現許多過去未曾見過的組合。

比如說——修司和須藤就跑去找Ｏｍｏｃｈｉ老師聊天。

古暮同學正在跟與野同學和氏家同學聊手工藝，我也跟以前幾乎沒說過話的男生聊了喜歡的書。

看來——這個班上喜歡看故事的人遠比我想的多。

愛看小說的學生就有好幾個，如果把範圍擴大到漫畫，人數就會更多。

光是討論彼此推薦的作品就非常開心了，讓人有種時間飛逝的感覺。

——順帶一提……

「——這飲料太好喝了……！」

「——咖啡完全就是正統派的。」

「——餐點也都很好吃喔！我已經全部吃過一遍了！」

古暮同學準備的飲料和食物也大受好評。

因為我們拜託千代田老師借來電源，在隔壁教室進行製作，才能提供現做料理與現榨果汁。

店裡的工讀生也全數出動，幫忙準備四十多人份的食物和飲料。

因為古暮同學的父母是以可能賠錢的金額接下這次委託，讓我實在沒臉面對他們。

「──沒關係啦，反正大家都很照顧我們女兒啊。」

「──如果因為這次機會能讓各位同學來我們店裡光顧，我會很開心。」

嗯……我會去的。

以後想喝咖啡的時候，我就去古暮同學家開的店吧。

在心中堅定地如此發誓後，我決定要再次向同學們推廣這間店。

惜別會就這樣持續了一段時間──

「……打擾了～」

「……嗚哇，好厲害，真的變成派對會場了！」

然後開始有人陸續來到──教室門口。

他們都是跟我們同年級的宮前高中學生。

我在這些人之中找到了柊同學和細野的身影。

「啊啊，歡迎光臨！」

我出去迎接他們——這些來自其他班級的客人。

「大家都玩得有點瘋了……還是請各位盡量玩吧。我會立刻追加桌椅——」

——希望可以邀請別班的學生來作客。

這是班上某位學生提出的意見。

她在隔壁班似乎有位好朋友。

而那位好朋友每次都會在休息時間跑來二年四班串門子，在她的交友圈裡，那位好朋友已經算是半個同班同學了。

我覺得這是個好主意。

我想把這場惜別會的參加者限制在二年四班的學生。

至少在惜別會剛開始的一段時間內，我只想跟這些人一起同樂。

可是——好不容易舉辦了這樣的活動，應該也沒必要設下這樣的限制。

我也想邀請細野和柊同學來參加惜別會，跟他們一起同樂——

因此，我們做了一番討論。

最後我和秋玻與春珂向班上同學說明：

「——我們想讓其他客人在中途參加惜別會。」

「——大家可以邀請自己在別班的朋友。」

「——因為我們需要掌握人數，如果有決定要邀請誰來參加，請務必跟我、秋玻和春珂聯絡。」

結果就是，今天會有十多位來自其他班級的客人來參加。

——然後現在。

惜別會迎來新的參加者——變得更加熱烈。

到了這個階段，我覺得這場惜別會已經可以算是成功了。

參加者們毫無疑問會認為這是一場特別的惜別會，我跟春珂給了彼此一個眼神，互相點了頭。

——可是，我覺得還差一點。

我還有準備其他驚喜——

在感受到這場惜別會來到最高潮時——我站了起來。

然後開始準備進行最後的節目——

＊

——惜別會正式開始後已經過了三個小時左右。

現場的狂熱氣氛總算恢復平靜，但參加者們依然開心地在閒聊。

——應該差不多是時候了。

千代田老師允許我們使用教室的時間大約五個小時。

考慮到事前準備以及收拾殘局所需要的時間，我們現在就得結束這場活動。

所以，我走到做好準備的講台上，向所有參加者喊話。

「——打擾各位聊天，真是不好意思，今天這場惜別會也差不多該結束了！」

教室裡發出許多不滿的聲音。

——咦！這麼快喔！

——我們聊得還不夠過癮耶！

——這場惜別會現在才正要開始吧！

我對這些反應感到開心——同時再次大聲宣布：

「抱歉！要是我們繼續使用這間教室，千代田老師就會被學年主任罵！說不定明年就沒辦法繼續擔任班導了！所以，雖然很對不起大家，這場惜別會就要到此結束了！」

我搬出千代田老師的名字似乎有發揮作用。

參加者們小聲笑了出來，表現出可以諒解的態度。

所以——我趁機繼續說下去。

「——還有就是，這件事已經有一些人知道了……我們準備了東西要給大家觀賞！……各位，麻煩你們了！」

聽到我這麼說——在窗邊待命的修司、須藤和古暮同學等人便把教室的窗簾拉上。

而細野和柊同學也在教室後方展開銀幕。

Omochi老師把投影機設置好，讓銀幕上顯示出電腦的待機畫面。

——教室裡發出一陣交頭接耳的聲音。

「——咦？怎麼回事？」

「——還有什麼驚喜嗎？」

「——什麼？是要讓我們看電影嗎……？」

大家的反應讓我覺得有達到效果——

「那……我們就開始吧。」

我向大家如此宣布。

「之後我會把檔案傳給大家，但大家一起看這部影片的機會就只有這一次了。希望大家都能好好欣賞……開始播放吧。」

——然後，我大大地吸了口氣。

接著按下手邊電腦的確認鍵。

——銀幕上開始播放影像。

Omochi老師製作的背景音樂讓人心曠神怡。

最先出現的畫面——居然是這個二年四班剛組成的第一天。

這是開學典禮那天拍的影片。

占據大半畫面的人正是須藤。

以吵鬧的教室為背景，她對著拿手機拍攝影片的人——八成是修司開始說話。

『——耶～～！我終於變成高中二年級生了！人生中的黃金歲月就要開始了！這裡就是我從今天開始就讀的二年四班！』

說完——畫面裡的須藤伸手指著教室內部。

二年四班的氣氛這時還顯得有些生疏——

畫面裡的古暮同學身旁已經有好幾位朋友，秋玻靜靜地在整理東西——我則是一邊看書一邊不時偷看秋玻。

「哇，好懷念喔……」

「原來我當時是這種髮型……！」

參加者也發出一陣驚呼聲。

然後——輪到第一學期時的照片。

當時離現在明明還沒超過一年，我卻覺得像是很久以前發生的事。

同學們起初還顯得有些生疏的表情也隨著時間經過逐漸變得自然——

接著——是黃金週結束後的梅雨季，大家都換上了夏季制服。

我跟秋玻這時候已經開始交往。

古暮同學被修司甩掉，修司被須藤甩掉……當時真的發生了不少事情。

這點對班上的大家來說肯定都是一樣的。

大家一臉感慨地看著這些平凡無奇的日常生活照。

接下來是暑假時期的照片。

正確來說，這並不是二年四班的活動，但大家都提供了自己去海邊玩耍、到國外旅行或是在鄉下度過的照片，於是我把這些照片也放進去。

看著這些照片就讓人有些懷念，彷彿自己也跟照片裡的每個人一起度過了暑假。

然後——第二學期正式開始。

第一個大活動是文化祭。

因為在籌備期間就有留下許多影片和照片，讓我輕易完成了這段影片。

還有就是——

「——啊，是共同舞台！」

——這是霧香給我的共同舞台活動影像。

銀幕上開始播放我和秋玻與春珂負責籌備的舞台活動的影片。

這部影片是由好幾台攝影機拍攝而成，音質也很棒。

春珂等人的人偶戲和秋玻演唱的歌曲，以有如職業歌手的演唱會影像的品質在教室裡播放。

不知不覺間和春珂對調的秋玻因為自己的歌聲變得滿臉通紅。

她用雙手摀著臉，害羞地低著頭。

可是——

「——哎呀，這首歌真的很不錯耶！」

「——妳也唱得很棒，根本不用害臊！」

「——這首歌可以在其他地方聽到嗎！我想存到手機裡面！」

有好幾個人都對她這麼說。

面對這些意見，Ｏｍｏｃｈｉ老師立刻趁機宣傳。

「我已經把聲音檔上傳到網路了～～！在SoundCloud和YouTube上都有，目前一共有五十萬播放數！請大家務必去聽聽看～～」

我真心希望班上的大家能趁著這次機會去聽聽她的歌曲。

然後——影片裡的時間繼續流逝。

接下來的活動是教育旅行。

班上同學全都興奮不已，因為那是既熱鬧又愉快的高中生活一大活動。

可是——在這種氛圍之中……

有個臉色顯然不太好看的學生。

即使在旁人眼中也能明顯看出他失魂落魄的樣子。而這位看起來腦袋早就停止運作的學生——

「……喔喔……」

——就是我。

因為被秋玻甩掉的打擊，讓當時的我整天都魂不守舍。

……原來我之前每天都是這種表情嗎？也難怪大家都在為我擔心……

而且我還在這種狀態下度過教育旅行大半時間……實在太浪費了。

早在製作這部影片的時候，我就看過自己在這時期的模樣了。

我知道自己看起來有多糟糕……可是看著班上同學興奮地觀賞影片的樣子——

實際感受到他們有多享受這趟旅行，就讓我體認到自己幹了蠢事，為此感到懊悔。

——然後……

放出幾張同學們在聖誕節與年底的私生活照後，就到了職場體驗活動的時期。

不是某人父親工作的地方，就是西荻車站的職員室，或是動物園的後場。

班上同學分別在這些地方體驗職場。

其中也有我們和野野村先生他們的合照。

「——咦？那個人不就是傳說中的千代田老師的丈夫嗎！」

某人——提出這樣的質疑。

「——咦！真的假的！」

「——是真的！哎呀……他好像有點帥耶。」

「——喂，快點倒回去！我剛才沒看到。」

「大……大家冷靜點！」

教室裡一陣騷動，我趕緊出聲制止。

「等惜別會結束，我們會把影片傳給各位！請大家稍待片刻！」

「我、我知道了。我回家馬上看！」

在意想不到的地方讓大家興奮起來，害我一邊苦笑一邊把視線移回畫面上。

——時間繼續往前推進，景色開始嶄露出春天的色彩。

班上同學的服裝逐漸變得輕便，城鎮裡的色彩也多了起來。

在這部紀錄片裡出現的最後一場活動——就是前陣子的結業典禮當天的影像。

明明是不久前才發生的事，卻讓人覺得好像已經過了很久。

班上同學應該也跟我有同樣的感覺吧。

有些人一臉懷念地瞇起眼睛，有些人則是眼角含淚看著那一幕。

接著——最後是大家在教室裡拍下的大合照。

然後，Omochi老師的背景音樂停了下來——影像也慢慢變暗。

——影片播完了。

我所製作的紀錄片目前只有這麼長。

也許是發現影片播完了，教室裡響起一陣熱烈的掌聲。

「——太棒了～～！」

「——矢野，謝謝你！」

大家還說出這樣的感想——仔細一看，甚至還有人眼角含淚，也有人忙著用手帕擦眼淚。

可是——這部影片還不是成品。

還要加入一些影片和照片，這部紀錄片才算是完成——

「——感謝大家的觀賞！」

我在講台上這麼告訴大家。

「我們很努力在製作這部影片，很高興大家都能喜歡。然後……」

我先如此開場。

然後掃視教室裡的眾人。

「我們還會追加一些素材到這部影片裡面，那就是大家今天拍下的照片和影片！」

聽我這麼說完，大家發出一陣小小的驚呼聲。

「今天八成就是我們二年四班最後一次聚會，而我想把這些影像收錄進去……一旦影片完成，我就會傳給大家，請各位期待。還有，如果大家有什麼意見或要求，就跟我說一聲吧。」

然後——我對大家鞠躬。

「——感謝大家的觀賞！這就是這次惜別會最後的紀錄片！」

接著走下講台。

班上同學——給了我熱烈的掌聲。

——好，紀錄片成功了。

只剩最後——再來一段致詞，這場惜別會就結束了。

＊

「——很好，再來只剩致詞了。」

「……是啊。」

我請好心幫忙的班上同學收拾投影機。

同時跟秋玻一起暫時來到走廊，等待在最後上台致詞的時機。

「事情進行得這麼順利真是太好了，大家好像都玩得很開心。」

「嗯，我也鬆了口氣……」

「最後這個任務可能有些困難……妳就靜下心來慢慢說吧。」

「……我知道。我會盡力而為。」

教室裡傳來大家興奮的說話聲，相較之下，走廊這邊則是安靜無聲。

這讓我有種亢奮與冷靜共存的奇妙感覺。

然後——

「……秋玻？」

我突然注意到一件事。

那就是身旁的秋玻臉上有些動搖與不安。

她低頭看著地板，輕輕咬住嘴脣，使勁握著自己的手——難得表現出緊張的樣子。

「妳還好嗎？有辦法……上台致詞嗎？」

「……啊，嗯。」

秋玻看了過來，露出堅強的笑容。

「我想……應該沒問題，可是……」

說完，她再次垂下目光。

「我還是很擔心……不知道這麼做好不好。這明明是大家的聚會，我真的可以說出『那種事情』嗎……」

「……原來如此。」

……她會感到不安或許也是理所當然。

就跟我告訴千代田老師的一樣，我們接下來要做的是「公私不分」的事情。

對負責說出那些事的秋玻本人來說，會感到動搖和緊張也很正常。

所以——

「我覺得——正因為是在今天這種場合，才有必要說出那種事。」

我明白地——這麼告訴她。

「妳和春珂都很重視這個班級，而大家肯定也一樣。當然，大家喜歡這個班級的程度有所不同……但至少大家都願意來到這裡。我覺得每個人都很重視這個地方，以及二年四班這個團體。」

「……嗯，我也這麼覺得。」

「妳們是這個二年四班的一員，要是不讓大家知道那件真正重要的事，就這樣結束這一切……我覺得很寂寞。」

說完，我緊緊握住秋玻的手。

她有些驚訝地看著我。

「所以……同樣身為班上一員的我希望妳說出那件事。我想讓大家更了解妳們，不想一直隱瞞那件事。」

「……是嗎？」

這時——秋玻臉上終於露出一點笑容。

「原來如此……嗯嗯，謝謝你的建議。」

她點了好幾次頭，轉頭看向教室。

然後——

「……嗯，我會說出來的。我想把那件事告訴大家。」

「……謝謝妳。」

——就在這時，須藤打開教室的門探出頭來。

「我們這邊準備好了！你們那邊呢？」

「嗯，沒問題。」

「我準備好了……！」

「好～～那就麻煩兩位了！」

我和秋玻互相點頭，然後跟著說出這句話的須藤回到教室——

＊

「——所以，呃……今天的惜別會就此結束了。」

講台上。

秋玻站上去之後——開始對大家說話。

她正在代表惜別會執行委員進行散會的致詞。

只要她說完這些話，二年四班就真的解散了——

「感謝大家今天共襄盛舉，實現春珂靈機一動的想法。對我來說，這是一次非常快樂的難忘經驗。如果大家也能玩得開心，偶爾想起今天發生的事，我會很高興……」

秋玻看起來有點難過——同學們大聲安慰她。

「——是我們要感謝妳才對！」

「——辛苦妳了～我們玩得非常開心！」

聽到這些話，講台上的秋玻輕輕一笑。

然後——

「——不知道未來會是如何……」

——秋玻自言自語般如此呢喃。

「明年開始，大家就是三年級生了……我們已經決定未來的方向，應該也有人準備好要出社會了……跟過去不同，這次大家真的要分道揚鑣，踏上各自人生的起點……」

秋玻環視整間教室。

眼神就跟看著老朋友一樣親切。

她身上已經沒有過去那種緊張感和劍拔弩張的感覺——而是可以露出這樣的表情，並且以這種表情面對班上同學。這點讓我感到很欣慰。

「等到我們長大成人，又會怎麼看待這一年呢？我們會覺得這是很棒的一年，還是很糟糕的一年……我不知道答案，雖然不知道……如果今天這一天能讓大家稍微留下好印象，我會非常開心。真的很感謝大家。」

教室裡響起一陣掌聲。

我環視周圍——發現有露出滿足笑容的男同學、一臉泫然欲泣的女同學，也有一臉嚴肅地看著秋玻的男同學——他們全都正面看待秋玻這番話。

——照理來說……

按照我們原本的計畫——秋玻的致詞說到這裡就結束了。

可是——

「——還有就是……」

秋玻又繼續說下去。

「對不起，接下來我要說些關於我……我和春珂個人的事情……我無論如何都想讓大家知道這件事，希望大家能給我一點時間。」

教室裡發出一陣騷動。

因為不曉得她要說什麼，讓班上同學更專心聽她說話。

「我們——秋玻和春珂是雙重人格者這件事，我想大家都知道了。」

面對這樣的他們——秋玻如此說道：

「畢竟我們每天都會對調好幾次……千代田老師也向大家說明過了。雖然大家剛開始可能無法相信，但我能感受到大家現在都能很自然地接受這件事……啊，好像快要對調了。」

——秋玻似乎注意到自己體內的異狀，說出這句話。

可是，她再次看向前方——

「不過……就只有這句話，我一定要說。」

——說完，秋玻頓了一下。

然後面對全班同學——明確地這麼說了。

「我們的雙重人格——就快要結束了。」

「根據醫生的說法，大概會在一個星期內結束。換句話說——就是在我們升上三年級之前。」

——教室裡發出一陣大騷動。

有些人感受到詭異的氣息，發出提高警覺的聲音。

有些人只感到困惑，發出不安的聲音。

還有些人一時之間無法會意，發出茫然的聲音。

可是——這也是理所當然的結果。

因為雙重人格就快要結束，而且最後期限就近在眼前這件事——我們幾乎不曾告訴任何人。

教室裡瀰漫著困惑的氣息。

「……那麼，後面就交給春珂吧……」

說完——秋玻轉過身。

過了幾秒。

人格換成春珂後，她又重新轉過身來。

她迅速掃視整間教室，看到班上同學心生動搖的模樣——

「——矢野同學，秋玻說到哪裡了？」

「……說到雙重人格會在妳們升上三年級之前結束。」

「這樣啊……嗯，謝謝你。」

春珂點點頭——再次看向講台底下。

她稍微清了清喉嚨才開口——

「——嗯，所以，正如秋玻所說，雙重人格就要結束了。當我們升上三年級，再次跟大家見面時，我已經是沒有雙重人格的我了。然後——關於我們到時候會變得如何，也就是雙重人格結束時，秋玻與春珂會變怎樣這個問題……」

說完——春珂露出傷腦筋的笑容。

然後，她用在考試時遇到難題忍不住發牢騷的語氣說：

「……沒有人知道答案。」

她一邊嘆氣一邊繼續說下去。

「就連醫生都無法斷言會有什麼結果……因為可以想到的結果太多了，隨便做出結論也可能對我們造成不好的影響。所以——醫生現在只能說他不知道答案。」

——春珂說出了這件事。

她像在閒聊的這些話——讓教室裡的氣氛為之一變。

這也是理所當然的反應。

因為這些話就代表一件事——

她這番話的意思就是——

「所以——今天可能就是最後一次機會了。」

——春珂毫不掩飾地這麼說。

「今天或許就是我和秋玻最後一次跟大家見面，而我想把這件事告訴大家——」

——要不要把這件事告訴班上同學？

——要不要告訴大家雙重人格就要結束，以及沒人知道之後的結果？

前幾天，我和千代田老師聊過之後。

我向秋玻與春珂如此提議。

班上只有我知道這件事。

就連須藤、修司、細野與柊同學都不知情——

——就這樣讓這一切結束真的好嗎？

完全不告訴自己重要的朋友以及共同度過這一年的同班同學，就這樣迎接那一刻到來，秋玻與春珂真的覺得無所謂嗎？

這就是我的想法。

起初，她們兩個對此都感到不安。

擔心自己說出那種事會不會讓大家感到困擾。

擔心大家會不知該做何反應，擔心這會不會徒增悲傷。

她還擔心在惜別會發表這件事會不會不太合適——

所以，我如此回答。

「——我覺得在一無所知的情況下看到妳們改變，會讓大家更難過。」

「——我想大家肯定希望妳能當面告訴他們這件事，而這場惜別會已經是最後的機會了。」

聽到我這麼說，秋玻與春珂猶豫了好久——才點頭同意。

她們決定把雙重人格即將結束一事告訴大家。

她們要懷著對過去這一年的感謝，坦白說出這一切——

「所以今天……可以跟大家一起度過，我真的非常開心。」

說完——春珂掃視整間教室，眼眶泛著淚水。

從我身旁傳來小小的啜泣聲。

我環視周圍——發現同學都看著春珂，臉上表情不是嚴肅就是難過，或是悲傷——

可是——春珂只擦了一下眼角。

「……謝謝你們！謝謝大家在這一年陪伴我們！」

她露出笑容向大家如此說道——

「謝謝大家陪我們度過這一天！我玩得非常開心……如果有機會，就讓我們下次再見吧！」

＊

「——謝謝妳願意告訴我們這件事！我很開心！」

「——真希望我能早點跟妳們變成朋友……」

「——我們絕對要再見面喔……」

「——如果有我幫得上忙的地方，就儘管說吧……！」

致詞結束以後，大家準備離開教室。

許多同學都聚集在春珂身旁。

這也是現場氣氛所導致，他們每個人的表情都很認真——讓我重新體認到秋玻與春珂在這個班級度過的這段時間的意義。

然後——春珂露出對此很感激又像是有些難過的表情。

——我看著這樣的她。

在遠方看著她露出稍微不同於以往的表情——讓我清楚感覺到了。

——我發現自己心中的想法逐漸變得明確。

——發現自己心中這股強烈的情感屬於誰。

答案肯定——很快就要出來了。

我到底喜歡秋玻還是春珂？真相大白的日子就要到了。

我懷著這樣的確信，走出二年四班的教室——

然後——我們這段三角戀情……

最後十天就此開始——

尾聲
Epilogue

【I'll See You In My Dreams】

Bizarre Love Triangle

三角的距離無限趨近零

——舉辦惜別會的那一天。

當晚，在被窩裡。

我——作了一場夢。

我夢到自己在戀愛。

夢到跟我心愛的妳在一起——

我很確定自己喜歡夢裡的妳——

——我沉浸在夢境特有的無重力感之中。

腦袋昏昏沉沉，但我還能冷靜地思考。

啊，這都是因為……我在睡前讀了那本書。

那本書就是舞城王太郎的《好き好き大好き超愛してる。》（註：直譯為「喜歡喜歡好喜歡超愛妳」）。

秋玻與春珂的終點就在眼前——讓我有了某種想法。

今天就久違地把那本小說拿出來看吧。我要把那個始終真摯面對愛人的人生終點的故事重新看過一遍。

然後，我記得在書中——看到這樣的故事。

那是一個跟夢中的少女墜入愛河的故事——

所以現在——「妳」才會出現在我身邊。

我們互相依偎，默默地對彼此微笑。

光是感受到對方的體溫，心情就越來越好。

妳接納了我。

我能清楚感受到這份心意——那種甜蜜的喜悅令人腦袋發麻。

我肯定——會好好珍惜這份感情。

只要是為了妳，我可以不辭辛勞。

只要妳願意笑，我很樂意當個壞人。

如果妳需要，我不在乎自己會受到多少傷害。

我感到快要滿溢而出的眷戀。
心裡有種雀躍奔騰的亢奮感。
就跟我們初次相遇時一樣。
然而，我卻有種彷彿我們早就相識的——莫名自在的感覺。

此外，原因我也說不上來。
只要看到妳微笑，我就會十分心痛。

妳明明離我這麼近，我卻無法伸手碰到妳。
不管我如何掙扎，都無法碰觸到妳。

所以，我再次這麼想。
這就是——戀愛。

我喜歡妳。

我喜歡——在夢裡遇見的妳。

不管我身在何處，妳永遠住在我的腦海裡。
我總覺得在放學回家的路上，妳會在轉角的後面笑著迎接我。
總覺得妳會在從電車看出去的街景燈光底下，過著幸福的每一天。

光是這樣就能讓我滿足。
光是這樣就能讓妳成為對我來說無法取代的存在。
光是這樣就能讓妳值得我捨棄一切——
可是——

——妳是誰？

一道不協調的聲音——闖進這樣的溺愛之中。

讓平靜的水面出現小小的波紋。
可是，那道波紋不斷擴散反射，越來越大，逐漸覆蓋住整個視野。

——這是對誰抱持的感情？
——我在思念著誰？
——我想與誰接觸？
——我想被誰需要？

波紋在水面不斷重疊。
讓整個水面慢慢晃動。

然後——就在轉瞬之間，寂靜突然造訪。
我明確地感到疑惑。

妳——到底是誰？

＊

——手機溫和的鬧鈴聲小心翼翼地鑽進我耳朵。

那是鋼琴的琵音與鐘琴的長音。

「……嗯、嗯嗯。」

我在感到有些遺憾的同時，從棉被裡伸出手把鬧鐘關掉。

「是夢嗎……」

我小聲呢喃。

剛才那場夢的餘韻也像香菸的煙霧一樣逐漸消失。

我看向窗簾的隙縫——發現三月底的溫和陽光射了進來。

我大大地吸了口氣，讓思緒慢慢恢復清晰。

我感覺到新鮮的血液開始在體內循環。

然後——腦袋開始變得清晰。

——我發現了一件事。

「……為什麼？」

我只覺得莫名其妙，腦袋有些混亂。

迷惘像汙泥一樣在心中擴散開來。
可是——我絕對沒有搞錯。
我剛才作了一場夢。
在夢裡愛上一位女孩。
不管怎麼想，那女孩——
——不是秋玻，也不是春珂。

三角的距離無限趨近零

Bizarre Love Triangle

三角的距離無限趨近零6 後記

我覺得由作者來解釋作品本身的內涵不是很好，所以過去一直避免這麼做。

可是，只有這次我有話要說。

在這一集當中，秋玻與春珂的行動超出了我的想像。

雖然我之前就決定要以班級聚會為題材，實際動筆之後才發現秋玻與春珂對班上同學的感情比我想的還要深刻，她們想留在大家記憶中的願望遠比我這個作者預期的還要強烈。

我一直在思考這件事的原因。

對她們兩人來說，班上同學有什麼樣的意義？

然後，就在我持續寫稿的某一天，我突然想起來了。我想起自己曾經在推特或各種地方對讀者說出「如果大家能把秋玻、春珂與矢野當成自己班上的同學，我會很開心」這種話。當我在寫稿的時候，也一直在內心深處把這些同學想成是各位讀者。

換句話說，秋玻與春珂在這一集裡的心願正是她們對本書讀者懷有的願望吧。

希望還沒看過這本書的人可以在閱讀時把這件事放在腦海的角落，而已經看完這本書的人也能以此為前提去回顧這一集。

我這次也要感謝與《三角的距離無限趨近零》這部作品相關的所有人，非常感謝各位的幫忙。託大家的福，讓我寫出了不錯的一集。

那就讓我們下一集再見吧，這部作品也終於要準備收尾了。再會。

岬　鷺宮

國家圖書館出版品預行編目資料

三角的距離無限趨近零/岬鷺宮作；廖文斌譯. -- 初版. -- 臺北市：臺灣角川股份有限公司, 2021.06-
冊；　公分. -- (Kadokawa fantastic novels)

譯自：三角の距離は限りないゼロ
ISBN 978-986-524-547-4(第5冊：平裝). --
ISBN 978-986-524-761-4(第6冊：平裝)

861.57　　　　110006064

Kadokawa
Fantastic
Novels

三角的距離無限趨近零 6

（原著名：三角の距離は限りないゼロ 6）

2021年9月6日 初版第1刷發行
2023年6月30日 初版第3刷發行

作　者：岬鷺宮
插　畫：Hiten
日版設計：鈴木亨

譯　者：廖文斌

發 行 人：岩崎剛人
總 編 輯：蔡佩芬
編　輯：孫千棻
美術設計：吳佳昫
印　務：李明修（主任）、張加恩（主任）、張凱棋

發 行 所：台灣角川股份有限公司
地　址：104台北市中山區松江路223號3樓
電　話：（02）2515-3000
傳　真：（02）2515-0033
網　址：www.kadokawa.com.tw
劃撥帳戶：台灣角川股份有限公司
劃撥帳號：19487412
法律顧問：有澤法律事務所
製　版：尚騰印刷事業有限公司
ISBN：978-986-524-761-4
